KB272631

다섯손가락 이두헌 노래글

이층에서 본 거리

다섯손가락 이두헌 노래글

이층에서 본 거리

이층에서 본 거리

다섯손가락 이두헌
노래글

이두헌 지음

추천사

나에게 예술가란 재능 있는 자가 아니다.
스스로 겪는 일상을 끈기 있는 눈으로 관찰하고, 기억하고,
기록할 줄 아는 자다. 그렇지 않나. 대개의 사람은 마치 컴퓨터
시작 프로그램처럼 일상의 자동 경로에서 벗어나지 못한다.
예술가는 다르다. 그들은 일상에서도 스펙터클을 발견할 줄 안다.
따라서 이두헌의 신간을 통해 예술가가 예술을 산파하는 과정에서
뭔가 엄청난 창작 비밀이 숨어있을 거라고 짐작하면 오산이다.
그는 그저 잠시 멈춰서 대상을 주의 깊게 인식하고, 작고 사소한
틈새를 놓치지 않았을 뿐이다. 그렇다.
영감은 강림하는 것이 아니다. 영감은 우리 주위에 얼마든지
존재하는 것이다. 요컨대 태산과도 같은 거대한 영감은 없다.
이두헌은 예술가의 렌즈로 포착한 자신의 예술에 관해 쓰면서
그가 얼마나 섬세하면서도 단단한 작가인지를 증명한다.
그의 글은 그의 품성을 똑 닮았다.

- 배순탁(음악평론가, 배철수의 음악캠프 작가)

노래가 시였던 아름다운 시절은 대체 어디로 가 버린 걸까?
케이팝이 위세를 떨치는 시대에 나는 노랫말에서 가장 지독한
갈급함을 느낀다. 그리고 생각이 그때로 향하면 노래로 시를 쓰던
뛰어난 작가들, 그중의 한 명 이두헌을 만난다.
그의 가사는 자주 애잔하고 더러 허무하고 종종 따끔하지만

제각기 적절한 온기를 지녔기에 언제나 우리의 마음을 열었다.
귓가에 자연스레 선율이 흐르는 것을 피할 수야 없겠지만
노랫말을 온전히 글로 읽는 것은 분명 색다른 즐거움일 테다.
곡마다 친절한 탄생의 비화까지 덧붙이며 재미까지 더했으니,
덤도 확실하다. 그리하여 젊은 날의 어떤 지리멸렬이
명곡이 되기도 하는 것이다.

- 정일서(KBS 라디오PD)

그 누가 이 못난 나를 사랑할 순 없는지.
사랑이 무엇인지도 모르던 소녀의 마음을 잔뜩 슬프게
만들었던 그 노래,
해지고 어두운 거리를 나 홀로 걸어 새벽 기차라도 올라타고 싶게
만들던 그 노래,
지나가버린 어린시절 풍선을 타고 날아가는 예쁜 꿈을 꾸게 만든
그 노래.
테이프를 듣고 또 들어 이미 다 외워버린 그 노랫말들은 나의 노래와
작사 인생에 큰 줄기의 뿌리이다. '노래는 시로부터' 왔다고 믿는
나는 노랫말에 혼이 있다고 믿기에 노래는 마음에서 와서 마음으로
가닿아야 한다고 생각한다.
이두헌 선배님의 이 책은 그 마음이 어떤 결을 통해 노래가
되는지를 보여준다. 작사가는 결국 감정을 채집하는 사람.

이 책에는 그 감정의 '온도'가 고스란히 담겨 있다.
한 사람의 시간과 그늘을 지나 우리에게 도착하는 노래.
작사는 무엇을 더하는 일이 아니라, 이미 지나온 것들을 조용히
불러오는 일.
이 책에는 바람의 결, 돌아오지 않는 날들의 빛, 그때는 몰랐던
마음의 온도가 머물러 손짓하고 있다. 나는 이 책을, 노래를 쓰고
싶은 사람뿐만 아니라 '나'라는 책을 읽고 싶은 사람에게 권하고
싶다. 이층에서 본 거리처럼 낯설게, 다정하게, 사랑을 안은 채_

- 조동희(음악가)

프롤로그

노래는 이야기입니다. 이야기가 없다면, 듣는 사람이 스스로 만들어
내는 또 하나의 이야기일 것입니다. 그렇다면 최소한 노래를 만든
사람에게도 짧은 이야기 하나쯤은 있지 않을까요?

제겐 그리운 온도가 있습니다.
문득 바람의 온도가 유난히 살갑게 느껴지는 날이면 늘 생각합니다.

언제였더라.
어디였더라.
누구였더라.

온도계로는 측정되지 않는, 그런 따뜻함.
혹은 설명할 수 없는 서늘함.
기억 속에 아로새겨진 그 온도를 찾아 길 아닌 길을 걷습니다.

떠났다가 다시 돌아오는 온도, 그것을 따라가는 기억의 여행.
노래는 넘쳐나는데 이야기는 점점 줄어만 갑니다.
말을 잃고 노래만 부르는 시대. 그래서 저는 노래 대신 마주 앉아
이야기하고 싶습니다.
어떤 기억의 온도 속에서.

차례

고독한 이에게

사랑이 떠나버린 가슴속에는
외로운 미술가의 여인을 두고
짙은 커피향기 서러울 때엔
슬픈 노래라도 불러보면은

밤은 침묵으로 다가와
슬픈 그대 가슴 녹이며
이 밤 고독으로 가득 찬
외로운 마음속에
기쁜 노랠 들려주고

잠시 취한 듯이 잠든 후
오랜 친구처럼 찾아와
밤새 비 내리던 창가에
쓸쓸히 기다리던
고독은 다정한 친구

흩어진 종이 위에 고독을 적어
깊고 긴 꿈속으로 날려 보내면
멀리서 펼쳐 보는 환상의 여인
그 슬픈 눈동자를 가슴에 두면

종일 꿈속으로 달려가
함께 울어보고 싶은데
나는 크고 작은 갈등과
수많은 고독 속에
슬피 울며 살고 있어

온통 은빛으로 빛나는
그대 그림자를 보면서
정녕 다가설 수 없음에
메마른 가슴처럼
고독은 깊고 깊은 잠

© 이두헌

고독은 결국
내게 가장 다정한 친구

'고독'은 참 있어 보이는 단어다. '있어 보인다'라는 그 모호한 수식어 안에 구체적으로 무엇이 담겨 있는지 따져보려 하지 않으면서도, 우리는 늘 맞닥뜨리는 삶의 풍경을 '있어 보이는 것'과 '없어 보이는 것'으로 섣불리 구분 짓는다. 어쩌면 이것은 단지 언어의 문제가 아니라, 눈에 보이는 모든 형상에서 있음과 없음을 가려내어 등급을 매기려 드는 현대인의 치졸한 습관인지도 모르겠다.

언젠가 누군가의 얼굴을 보고 참 '없어 보인다'라고 무심히 내뱉는 이에게 물은 적이 있다. "정말 그게 보이세요?" 그리고 돌아와 생각했다. 나에게 정말로 '있는' 것은 무엇이고, '없는' 것은 또 무엇일까. 간절히 있었으면 해도 가질 수 없는 것과, 제발 없었으면 해도 끝내 사라지지 않는 것들 사이에서 나는 얼마나 서성였던가.

고독의 사전적 정의는 '사람이 의지할 곳 없이 혼자 있음' 혹은 '외롭고 쓸쓸한 마음 상태'다. 혼자 있는 행위 자체가 자발적인 '선택'이라면, 고독은 관계의 결핍에서 비롯된 피할 수 없는 '감정적 형벌'에 가깝다. 음악가의 길을 정식으로 걷게 된 스무 살의 어느 날, 내가 최초로 가사와 멜로디를 악보에 눌러 적은 노래가 바로 이 곡이다. 10대 시절에도 습작처럼 남긴 악보는 많았으나, 음반에 실리는 것을 전제로 온전하게 생명력을 부여한 첫 노래는 '고독한 이에게'였다. 그때의 나는, 참 많이도 고독했나 보다.

나는 평생 미술가를 동경해 왔다. 내게 그림에 대한 재주란 거의 없다 못해 아예 감각 자체가 전무하다. 원근법은 고사하고 눈앞의 사물을 있는 그대로 묘사하는 것조차 내게는 여전히 불가능의 영역이다. 그런 내게 학창 시절 미술 수업은 형벌과도 같은 고역이었다. 다행히 내 짝이 마음씨 착한 미술반 반장이어서, 수업 시간마다 몰래 스케치북을 바꿔가며 내 몫의 그림을 대신 그려주곤 했다.

사건은 어느 날 예기치 않게 터졌다. 사람 좋은 미술 선생님이 내 스케치북(사실은 친구의 작품)을 보시고는 나를 학교 대표로 전국 사생 대회에 내보내기로 하신 것이다. 난감했다. 그동안의 죄를 낱낱이 고할 수도 없었다. 할 수 없이 온갖 화구를 빌려 덕수궁으로 향했던 가짜 화가에게 선생님은 인자한 미소로 말씀하셨다. "기대가 크다.” 그 순간, 나는 헤어 나올 수 없을 정도로 깊은 고독에 빠졌다.

　결국 나는 캔버스에 점 하나 찍지 못한 채 작품을 제출도 못하고 대회를 마쳤다. 컨디션이 안 좋아 그랬을 거라며 끝까지 나를 배려해 주시던 선생님을 보며, 나는 ‘사람은 마냥 착해서는 안 된다’라는 기묘한 교훈을 얻고야 말았다. 고3이 되어 입시의 거센 물결 속에 미술 수업이 자율학습으로 대체되었을 때, 내게는 비로소 강 같은 평화가 흘렀지만, 평생 미술과 나 사이에 벌어진 이 촌극은 지워지지 않는 낙인이 되었다.

　역설적으로 그 결핍은 지독한 애착이 되었다. 나는 그림을 그리는 사람을 존경을 넘어 숭배한다. 미술가의 생애를 읽는 것이 유일한 취미가 되었고, 그들에게 존재했던 파괴적인 사랑에 대해 탐닉하기 시작했다. 피카소가 도라 마르에게 안겨준 고통은 사랑이었을까, 아니면 창작을 위한 제물이었을까. 프리다 칼로가 인생의 두 번째 사고라 불렀던 디에고 리베라와의 지독한 연애는 정말 피할 수 없는 운명이었을까. 요절한 모딜리아니를 따라 출산을 앞둔 몸을 허공에 던진 잔 에부테른의 선택은 사랑이라는 이름으로 용서받을 수 있는 것일까.

　아내 카미유가 숨을 거둔 직후에도 그 죽음의 색채를 포착하기 위해 붓을 들었던 모네. 그는 이렇게 말했다. “슬픔을 기록하지 않으면 화가가 아니다.” 아내에게 남긴 그 가장 조용하고도 잔인한 이별의 방식을 나는 사랑한다.

사랑이 떠나버린 가슴속에 외로운 미술가의 여인을 둔다는 가사의 첫 구절, 그리고 짙은 커피 향기와 슬픈 노래. 어쩌면 나의 데뷔곡에는 나의 미래에 펼쳐질 드라마가 이미 예고되어 있었는지도 모른다. 그림은 내게 늘 가닿을 수 없는 희망이었다. 고독한 날, 미술관의 그림 한 점에 시선을 고정하고 있으면 차갑던 마음은 이내 온기를 되찾곤 했다.

이제 나는 고독한 이들에게 음악으로 조용한 인사를 건넨다. 당신의 고독에 깊은 경의를 표한다고. 고독하지 않다는 것이야말로 얼마나 부끄러운 일입니까. 어느 날 취한 듯이 잠든 후, 고독이 오랜 친구처럼 나를 찾아와 밤새 비 내리는 창가에서 나의 마지막 숨결을 지켜봐 주기를 소망한다.

이 노래의 가사처럼, 영원히 고독해지는 그날에 나는 가벼운 미소를 지으며 떠나려 한다. 고독은 결국 내게 가장 다정한 친구였으므로.

노래 듣기

수요일엔 빨간 장미를

수요일에는 빨간 장미를
그녀에게 안겨주고파
흰옷을 입은 천사와 같이
아름다운 그녀에게 주고 싶네

슬퍼 보이는 오늘 밤에는
아름다운 꿈을 주고파
깊은 밤에도 잠 못 이루던
내 마음을 그녀에게 주고 싶네

한 송이는 어떨까?
왠지 외로워 보이겠지
한 다발은 어떨까?
왠지 무거워 보일 거야

시린 그대 눈물 씻어주고픈
수요일엔 빨간 장미를

슬픈 영화에서처럼 비 내리는 거리에서
무거운 코트 깃을 올려 세우며

비 오는 수요일엔 빨간 장미를

나만 그럴지도 모르지만, 가수는 어디를 가나 사람들이 불러주기를 기다리는 곡은 유독 부르기가 싫다. 글쎄, 내 성향이 그렇다면 그런 것이겠지만 나는 유독 이 노래를 부르는 것을 좋아하지 않는다. 무대 위에서 이 노래를 시작하면 객석에선 가장 뜨거운 박수가 터져 나오고, 공연 후에 올라오는 댓글에는 이 노래를 안 듣고 온 날은 공연 전체를 안 본 듯하다는 푸념이 달리기도 한다. 무엇이든 오래 반복하면 질리는 것이 사람이라지만, 단지 많이 불러서 그런 것만도 아니다.

실제로 방송에서 이 노래를 부른 횟수는 손가락 전체를 다 펴도 그 안에 들어가지 못할 정도니까. 이야기가 길어졌지만, 결국 핵심은 내게 이 노래 말고도 좋은 노래가 많다는 자조 섞인 푸념이자, 창작자로서의 탄식 같은 것이다.

이 노래의 시작을 거슬러 올라가면 1983년, 대학 입학 오리엔테이션이 벌어지던 동국대 체육관의 눅눅한 공기와 만난다. 각 단과대학의 팻말 뒤로 학생들이 줄을 지어 서서 이런저런 주의 사항 같은 것을 듣던 자리였다. 그렇고 그런 얘기를 사람만 바꿔가며 애써 강조하는 훈화 말씀에 지쳐갈 때쯤, 내 앞줄 어디쯤의 한 여학생이 내 눈을 사로잡았다. 시종일관 해맑게 웃으며 곧 이어질 대학 생활에 들떠있는 듯한 그 모습은, 음울한 시대상에 짓눌려 있던 나와는 정반대의 풍경이었다. 그 압제의 시대에도 사랑은 싹이 트는 것인지 모르겠지만, 나는 그 짧은 순간에 첫눈에 반해버렸다.

그녀의 이름이나 정보조차 알 길 없던 나는 그저 멀리서 그녀의 꽁무니를 쫓아다니는 것이 일과가 되어버렸다. 친구가 그녀를 부르는 소리에 귀를 기울여 이름을 알아냈고, 그녀가 가슴에 꼭 껴안고 다니던 두꺼운 전공 서적의 표지를 훔쳐보며 학과를 알아냈다. 가방이 엄연히 있는데 왜 책은 꼭 가슴에 끼고 다녀야 했는지 모를 시절이었지만, 그 덕분에 나의 '해괴망측한 탐정질'은 소기의 목적을 달성할 수 있었다. 경상대학 팻말 뒤에 서 있었으니, 학과는 몇 개로 압축되었고, 교재 표지는 결정적인 힌트가 되었다.

그렇게 짝사랑의 열병을 앓던 중, 대학에서 처음 맞이하는 5월의 축제가 다가왔다. 어린 시절 형들이 보던 영화 속 대학 축제는 마냥 낭만적이고 설레는 것이었다. 하지만 처음이자 마지막으로 마주했던 대학 축제는 영화 속의 풍경과는 사뭇 다른 분위기였다. 막걸릿잔이 오가는 캠퍼스의 다른 한 편에서는 반독재 구호가 울려 퍼지고 여기저기 사복경찰로 보이는 눈매가 서늘한 무리가 곳곳을 누비는 서슬 퍼런 시절이었다. 학과마다 복학생이 유난히 많았고 한 살 차이만 나도 선배 행세를 단단히 하던 시절, 우연인지 필연인지 나랑 나이 차이가 꽤 나는 고등학교 선배가 그녀와 같은 과에 복학해 있었고, 당사자는 내 존재조차 모르는 한심한 짝사랑이었음에도 나의 '사랑'? 은 이미 선배들 사이에서 유명한 이야기가 되어 있었다. 오지랖 넓은 그 선배는 친절하게도 축제 파트너로 그녀를 내게 소개해 주었다.

마침내 학교 앞에서 그녀를 만나기로 한 날, 나의 용모는 축제라고 해서 다를 것 없이 평상시와 같았다. 낡은 청바지에 남색 바탕에 하얀 가로줄이 그어진 셔츠, 하얀 고무신, 그리고 앞가르마를 탄 긴 머리. 어쩌면 그 차림새부터가 예고된 결말이었을지도 모른다. 그녀는 내 앞에 딱 5분 동안 앉아 있었다. 바쁘다고 했던가, 아니면 마산에서 친구가 온다고 했던가. 모교는 마산 제일여고. 지금은 부산에 산다고 했다. 첫 만남부터 반말로 말을 시작한 그녀에게 5분 동안 들은 얘기는 그게 전부였다. 이야기를 서둘러 마친 그녀는 미련 없이 자리를 박차고 떠나버렸고, 나의 대학 시절 처음이자 마지막 축제는 그렇게 술푼날로 허망하게 지나갔다.

세월이 흘러 다섯손가락의 음반을 출반하기로 서울음반과 계약하고 녹음을 마칠 무렵이었다. 문예부장이었던 강인중 선생은 지금의 곡들로는 성공 가능성이 희박하다고 말씀하셨다. 그러고는 멤버 중에 나를 콕 집어 2곡 정도를 새로 만들어 보라는 주문을 던지셨다. 숙제를 받아들인 기분으로 쓸쓸하게 혼자 충무로를 걸어 명동에 접어들 무렵이었다. 코스모스 백화점 앞에서 꽃을 파는 할머니 한 분을 보았다. 마침, 지나가던 연인이 장미꽃 한 다발을 사 안고 행복하게 돌아가는 모습이 눈에 들어왔다. 그 풍경을 뒤로하고 터덜터덜 미도파 백화점 앞 정류장에서 집으로 가는 버스에 올랐다.

집에 가려면 버스를 세 번은 갈아타야 했던 고단한 귀갓길, 대여섯 명이 죽 앉는 버스의 맨 뒷자리에 앉았을 때였다. 한 무리의 여학생들이 나누는 수다가 들려왔다. "오늘 무슨 요일이니?" "응, 수요일." "수요일이라서 비가 오나? 수요일의 '수' 자가 물 수(水)자니?" 지금 생각하면 참 복고풍이고 실없는 대화였다. 수요일의 '수'가 물 수 자냐는 대화라니. 그런데 그 싱거운 대화 속에서 불현듯 명동 거리에서 보았던 장미가 떠올랐다.

'창밖엔 비가 내리고, 오늘은 수요일이고, 사람들은 장미를 사고 있다.'

부옇게 김이 서리는 버스 창가에 기대어 거북선 담배 은박지를 꺼냈다. 종이가 없던 시절, 창작자의 가장 요긴한 메모장이었던

© 이두헌

그 은박지 위에 가사와 멜로디를 적어 내려갔다. 비 오는 수요일, 빨간 장미, 그리고 짝사랑의 시린 기억들이 버스의 흔들림을 타고 하나의 노래로 엮였다. 이렇게 만들어진 노래를 싱어인 형순에게 먼저 들려주었더니, 한동안 연습하던 형순은 이 노래가 내 목소리에 더 어울린다며 마이크를 넘겨주었다. 마장동 녹음실에서 이 노래를 녹음할 때 나는 너무 떨려서 정육점에서 운영하는 식당에서 소주를 몇 잔 마시고 불렀다.

그렇게 나는 가수가 되었다. 가수는, 그리고 히트곡은 이렇게 어이없고 싱겁게 탄생한다. 5분 만에 끝난 짝사랑 그녀와의 허망한 만남과 버스 뒷좌석 소녀들의 실없는 대화가 버무려져 한 시대의 배경음악이 탄생한 것이다. 세월이 흘러 이 노래는 이제 '수요일의 노래'로 박제되었다. 이 노래로 프러포즈해서 결혼에 성공했다는 수많은 무용담을 들을 때마다 나는 묘한 기분에 휩싸인다.

비 오는 수요일, 그리고 빨간 장미. 내가 이 노래를 부르기 싫어하든 말든, 사람들은 수요일에 비가 내리면 약속이라도 한 듯 장미를 떠올리고 이 노래를 찾을 것이다. 노래의 주인은 더 이상 내가 아니라 그날의 비와 요일, 그리고 꽃향기를 기억하는 모든 이들의 것이 되었기 때문이다. 아마도 수요일과 비, 그리고 장미를 연상하는 사람이 존재하는 한, 이 어이없게 탄생한 노래는 영원히 존재하리라. 나는 여전히 무대 위에서 이 노래를 부르기 전 조금은 투덜거리겠지만, 창밖으로 비치는 빗줄기를 보며 누군가 가슴 떨

리는 사랑을 이루고 싶어 장미 한 송이를 준비할 그 마음을 생각
하면, 다시금 코트 깃을 세우듯 첫 소절을 내뱉을 수밖에 없는 것
이다.

노래 듣기

새벽 기차

해지고 어두운 거리를 나 홀로 걸어가며는
눈물처럼 젖어드는 슬픈 이별이

떠나간 그대 모습은 빛바랜 사진 속에서
애처롭게 웃음 짓는데

그 지나치는 시간 속에 우연히
스쳐 가듯 만났던 그댄

이젠 돌아올 수 없는 길을 떠났네
허전함에 무너진 가슴

희미한 어둠을 뚫고 떠나는 새벽 기차는
허물어진 내 마음을 함께 실었네

낯설은 거리에 내려 또다시 외로워지는
알 수 없는 내 마음이여

이 노래를 쓰던 당시의 나는, 이 가사가 정확히 어디에서 온 것인지 알지 못했다. 다만 떠나야만 했던 사람과 남겨진 사람 사이에 놓인 길고 어두운 시간의 그림자에 대해 들었고, 나는 그 그림자를 붙잡아 영원히 마르지 않을 노래로 남기고 싶었을 뿐이다. 훗날 알게 된 사실이지만, 이 노래는 단순히 사랑의 끝을 말하는 이별 노래가 아니었다. 그것은 떠날 준비가 되지 않은 한 젊음이 감당해야 했던, 막막하고도 서글픈 시간에 관한 기록이었다.

대학가요제가 중고등학생의 로망이었던 시절, 누군가는 대학가요제에 나가기 위해 대학에 간다고 말했다. 내 경우는 조금 달랐다. 철없는 생각이었을지 모르나, 나는 대학에 갈 마음이 전혀 없었다. 정말이냐고 묻는다면 정말이다. 그런 내 인생에서 '노래하는 사람', 정확히 말하면 '노래를 만드는 사람'이 되어도 좋겠다고 말해준 첫 번째 어른은 뜻밖에도 음악 교사가 아니라 국어 선생님이었다.

고등학교 2학년 때 만난 나의 담임 선생님. 지금 생각해 보면 그는 내 인생을 구제했거나, 혹은 망쳤을지도 모를 운명적인 한 사람이었다. 국문학을 전공하신 선생님이 담임이 된 이후, 우리 반은 모의고사에서 늘 전교 꼴찌를 도맡았다. 특별한 이유 없이 검정고시를 보겠다며 자퇴를 선언한 학생도 적지 않았다. 이 정도의 예만 들어도 그가 얼마나 파격적이고 훌륭한(?) 스승이었는지 설명이 되리라 생각한다.

선생님의 수업 시간은 왠지 모르게 어색했다. 선생이라는 직업이 전혀 어울리지 않는 사람이 우리를 바라보며 "나는 선생이다."라고 스스로 최면을 거는 듯한 느낌 때문이었다. 하지만 수업만큼은 지독히도 진지했다. 입시에 꼭 나오는 구절이라며 칠판에 분필을 내던져 부러뜨리던 수학 선생님이나, 대학 못 가면 인생이 시궁창이 될 거라며 구체적인 사례를 들어 협박하던 다른 선생님들과는 달라도 너무 달랐다. 수업 시간에도 선글라스에 군복을 입고 들어와 말끝마다 "너희들은 정신 상태가 썩어 빠졌다."라며 침을 튀기던 교련 선생님과는 비교조차 불경스러워 생략하겠다.

선생님은 주로 '듣는 분'이었다. 선생이 되어 학생을 가르치는 지금의 내가 선생이란 말하는 직업이 아니라 듣는 직업이라는 것을 깨닫게 하신 분도 바로 그분이다. 국어를 그저 시험용 지문이 아닌 '문학'으로 대접하지 않는 교육 현실에 불만이 있으셨던 걸까. 선생님은 늘 교과서에 없는 글에 관한 이야기로 말문을 여셨다. 그때 인용하신 글이 나를 이끌고 간 곳은 종이 위의 활자만큼이나 아름답고 광활했다.

나는 일찍부터 학교에서 일렉기타를 메고 살았다. 공식적인 밴드를 만든 것은 아니었지만, 탁월한 배우였다가 지금은 무속인으로 살아가고 있는 동기 정호근, 한 해 후배 안치환과 함께 운동장에서 록 공연을 하기도 했다. 대부분의 선생님은 모두 나를 신기하면서도 못마땅한 시선으로 보았지만, 담임 선생님만은 내게 이 길로 나가라고 말씀하셨다. 아들 인생 망치려고 그러느냐는 어머니의 거센 항의에도 선생님은 꿋꿋이 "두헌이는 음악을 해야 합니다."라고 외치셨다. 어느 날 나를 조용히 부르신 선생님이 말씀하셨다. 이제 남의 노래 그만하고 네 노래를 하라고.

"남의 것도 내가 연주하고 부르면 내 노래 아닙니까?"

반항기 가득한 내 억지에 선생님은 그저 빙그레 웃으며 말씀하셨다.

"넌 결국 언젠가 네 노래를 하게 될 거다. 네 안에 쓰지 않으면 죽을 것 같은 것이 있는지 스스로에게 물어보라."

라이너 마리아 릴케의 《젊은 시인에게 보내는 편지》에 나오는 구절이었다. 수업 시간에 몰래 가사를 쓰고 있으면 슬쩍 다가와 종이를 뺏어 읽으시고는 어깨를 툭 치고 가시던 그 투박한 손길. 음악은 잘 모르시면서도 내 손바닥에 짧은 시 구절을 얹어주시던 그 마음. 그렇게 나는 어느새 일찍부터 내 노래를 짓는 사람이 되어 있었다. 선생님은 내 인생을 설계해주지 않았다. 다만, 내가 선택한 길을 스스로 부정하지 않는 법을 가르쳐주셨다. 그때는 그것이 얼마나 거대한 용기가 있어야 하는 일인지 전혀 알지 못했다.

시간이 흘러 다섯손가락 1집을 제작하기로 했을 때, 서울음반의 강인중 부장은 우리의 데모를 듣고는 히트될 만한 곡이 부족하다며 내게 두 곡을 더 만들어오라고 강제하셨다. 젊음의 행진 출연 이후 반쯤은 사기당한 기분으로 참여했던 옴니버스 음반 《캠퍼스의 소리》녹음실에서 나는 장완진이라는 친구를 만났다. 피아노를 치며 자작곡을 노래하던 그는 알아주는 두주불사였다.

함께 술을 마시던 어느 날, 완진이가 자신의 지난 사랑 이야기를 풀어놓았다. 자기를 무척이나 짝사랑했던 한 남자가 스스로 목숨을 끊었다는, 조금은 황당하고도 서늘한 사연이었다. 그의 죽음 이후 전달되었다는 편지 이야기는 지금도 그가 지어낸 허구의 소설이라 생각하지만, 종로의 레스토랑에서 그 이야기를 들었을 때 내 머릿속에는 문득 한 얼굴이 떠올랐다. 짝사랑에 지쳐 새벽 기차에 몸을 던진 슬픈 얼굴. 새벽녘 차가운 안개와 함께 산산이 조각나 흩어진 어느 젊음의 파편. 기약 없는 짝사랑 중이었던 나는 허겁지겁 가사를 적어 내려갔다. "희미한 어둠을 뚫고 떠나는 새벽 기차는 허물어진 내 마음을 함께 실었네.” 안톤 체호프가 말했던가. 인생에서 중요한 것은 사건 그 자체가 아니라 사건이 남긴 잔향이라고. 내 노래 〈새벽 기차〉는 그렇게 누군가의 죽음일지도 모를 사건의 잔향 위에 나의 허물어진 마음을 보태어 완성되었다.

임형순은 자기가 기다리던 곡이 나왔다며 기뻐했고, 약간의 ‘뽕짝 끼’가 섞인 이 곡을 레코드사에서도 반겼다. 훗날, 이 노래가 자신의 사연으로 만들어졌다는 말을 듣고 화사하게 웃던 장완진의 표정을 떠올려본다. 프로파일러의 눈으로 보자면 그 이야기는 거짓일 확률이 높지만, 그게 무엇이 중요하겠는가. 그 사연이 진실이든 허구이든, 그 잔향이 나를 건드렸고 나는 비로소 ‘나의 노래’를 세상에 알리게 되었으니 말이다.

결국 나는 존경하는 선생님의 믿음대로 내 안의 것을 써 내려갔고, 그 노래는 65만 장이라는 경이로운 기록을 남기며 시대의 밤을 가로질렀다. 선생님, 나의 선생님. 당신이 가르쳐준 것은 국어 문법이 아니라 내 안의 목소리에 귀를 기울이는 법이었습니다. 당신의 그 단단한 믿음 하나를 이정표 삼아, 저는 아직도 노래를 만들고 있습니다. 낯선 거리에 내려 또다시 외로워지는 알 수 없는 내 마음이, 여전히 돌아가고 싶은 당신의 국어 시간 그 어딘가를 서성이고 있습니다.

노래 듣기

풍선

지나가 버린 어린 시절엔
풍선을 타고 날아가는
예쁜 꿈도 꾸었지

노란 풍선이 하늘을 날면
내 마음에도 아름다운
기억들이 생각나

내 어릴 적 꿈은
노란 풍선을 타고
하늘 높이 날으는 사람

그 조그만 꿈을 잊어버리고 산 건
내가 너무 커 버렸을 때

하지만 괴로울 땐
아이처럼 뛰어놀고 싶어

조그만 나의 꿈들을
풍선에 가득 싣고

지나가 버린 어린 시절엔
풍선을 타고 날아가는
예쁜 꿈도 꾸었지

노란 풍선이 하늘을 날면
내 마음에도 아름다운
기억들이 생각나

왜 하늘을 보면 눈물이 날까?
그것조차도 알 수 없잖아

왜 어른이 되면 잊어버리게 될까?
조그맣던 아이 시절을

때로는 나도 그냥
하늘 높이 날아가고 싶어
잊었던 나의 꿈들과
추억을 가득 싣고

지나가 버린 어린 시절엔
풍선을 타고 날아가는
예쁜 꿈도 꾸었지

노란 풍선이 하늘을 날면
내 마음에도 아름다운
기억들이 생각나

이 싱겁고도
아름다운 기적

나는 유난히 만화를 좋아했다. 초등학교 고학년이 될 즈음 집안 형편이 피기 시작하면서 어머니는 큰아들의 정서 함양을 위해《소년중앙》을 구독하게 해 주셨다. 잡지에 실린 길창덕 선생님의 만화 〈꺼벙이〉는 그 당시 푹 빠져있었던 〈톰 소여의 모험〉만큼이나 내겐 성스러운 무엇이었다. 나이가 들기 시작하면서 아버지가 운영하던 공장의 형들이 보던 고우영 선생의 작품으로 에로의 세계에 발을 들였고, 동네에 한둘은 꼭 있던 금기의 공간 만화방을 드나들며 갖은 상상력을 링거 맞듯 흡수했었다. 내게 만화방은 단순한 유희의 장소가 아니라, 현실의 결핍을 채워주던 거대한 상상의 저장고였다.

1983년의 대학은 내게 음울한 잠수함 같은 것이었다. 낭만을 배울 거로 생각했던 모든 시간은 먹지처럼 어두웠고, 연애에도 재주가 없던 나는 그저 술을 마시거나 만화방에 죽치는 것 말고는 별로 할 일이 없었다. 돌이켜보면 얼마나 한심하고 무기력한 젊음이었는지. 학교 간다고 나서서는 전투경찰을 향해 돌 몇 개 던지고 만화방이나 전자오락실로 피신하던 날. 그나마 거기까지 찾아와 "아까 돌 던지던 놈 맞지?"라고 물으면, 나는 "돌은커녕 흙도 모르오."를 외치고 가슴을 치던 시절이었다. 그 비겁하고도 절박했던 알리바이가 나의 스무 살을 채우고 있었다.

그 암흑의 어느 날, 드디어 나는 발견하고 말았다. 월간 만화 《보물섬》 거짓말을 보태 전화번호부만 한 두께에 온통 만화가 가득했던 만화 전문 월간지. 그날의 기쁨을 어찌 말로 다 할 수 있으랴. 잿빛 현실 속에서 만난 그 원색의 잡지는 내게 유일한 구원이었고, 이름 그대로의 보물섬이었다. 그곳에서 찾은 나의 첫 번째 보물은 〈요정 핑크〉였다. 그린우드의 공주가 정략결혼을 피해 지구의 대한민국으로 왔다는 얘기부터가 유치하기 짝이 없지만, 마치 영화 《로마의 휴일》을 연상케 하는 스토리는 단박에 나를 사로잡아 버렸다.

그린우드에서는 너무나 아름다운 공주이지만 지구에서는 작은 소녀로 변해버린 핑크와 재벌 2세이면서 집을 나와 사진작가로 사는 빈과의 만남. 마치 오드리 헵번과 그레고리 펙을 연상케 하는 그런 이야기에 푹 빠져 만화 《보물섬》이 월간이라는 것이 늘 나를 절망케 했다. 다음 호를 기다리는 시간은 마치 멈춰버린 잠수함 안에서 산소를 기다리는 일처럼 길고 지루했다. 결말이 인상적이지는 않았던 것 같다. 결국은 빈과 핑크의 이별이었던가? 몇 월 호였는지는 모르지만, 콩알만 한 핑크가 풍선을 타고 날아가는 몽환적인 꿈을 꾸는 듯한 장면이 실렸었다.

현실의 중력을 이기지 못해 바닥을 기던 한 청춘의 눈에, 풍선에 몸을 싣고 하늘로 떠오르는 그 작은 존재는 경이로움 그 자체였다. 때마침 다섯손가락 2집 앨범에 김성호 형이 곡을 하나 만들었고, 나는 그 경쾌한 멜로디를 듣자마자 바로 요정 핑크의 이 장면을 떠올렸다. 그리고 순식간에 완성한 가사. '왜 하늘을 보면 나는 눈물이 날까? 그것조차도 알 수 없잖아'라는 구절은 사실 80년대의 어두운 하늘 아래에서 돌을 던지고 도망치던 한 청춘의 무기력한 고백이기도 했다. 이 노래가 2026년 현재에도 누구나 아는 가사가 될 줄은 전혀 몰랐다. 유치원 아이부터 나와 동시대를 산 초로의 노인까지 이 노래가 시작되면 함께 따라 부르는 광경을 목격하며 자주 감격한다.

노래가 그리 알려지지 않았을 때 부산 광안리 언양 불고기에서 요정 핑크의 원작자 김동화 선생님 내외를 만났다. 가수 강인원 선배와 함께였는데 그날, 이 노래를 만든 배경이 〈요정 핑크〉였음을 말씀드렸었다. 만면에 미소를 지으며 "아 그래요."라고 말씀하

ⓒ 이두헌

시던 선생님의, 그다지 관심 없는 얘기였음이라는 표정이 지금도 기억나 피식 웃게 된다. 창작자의 의도보다 중요한 것은 결국 그 작품이 감상자의 마음에 어떻게 가닿느냐는 것임을 그때 배웠는지도 모른다.

시간이 흘러 2006년, 동방신기가 이 노래를 리메이크하고 노란 풍선을 빨간 풍선으로 개사하게 허락해 달라고 SM에서 내게 부탁했다. 멤버 전체의 사인 CD 10장을 받기로 하고 허락을 해줬는데, 그해 이들이 연말 가요대상을 모두 휩쓸면서 함께 생방송 무대에서 연주했던 기억이 새롭다. 내게는 퀴퀴한 만화방의 냄새와 최루탄 연기가 밴 노래였지만, 그들에게는 팬들의 뜨거운 함성이 밴 노래가 되었다는 사실만으로 충분했다. 노란색이면 어떻고 빨간색이면 어떠랴. 풍선은 이미 내 손을 떠나 저마다의 하늘로 날아가고 있었다.

노래의 탄생이란 이렇다. 알고 보면 참 싱거운 거야. 거창한 예술적 고뇌보다는 만화책 한 권, 선배의 멜로디 한 자락, 그리고 시대를 견뎌내던 한 청년의 무기력한 진심이 만나 기적을 만든다. 우리는 여전히 때때로 하늘 높이 날아가고 싶어 한다. 잊었던 꿈과 추억을 가득 싣고 말이다. 라라라, 노랫소리가 들려오면 우리는 잠시 어른의 외투를 벗고 그 시절의 조그만 아이로 돌아간다. 지나가버린 시절은 돌아오지 않지만, 우리가 하늘을 보며 흘리는 눈물 속에는 여전히 노란 풍선 하나가 띄워져 있다. 그 싱겁고도 아름다운 비밀을 나는 오늘도 소중히 보듬어 본다.

이 노래를 부르는 당신이 오늘 조금 괴롭다면, 부디 기억해 주길 바란다. 당신이 너무 커 버렸다고 생각하는 그 순간에도 당신 안의 어린아이는 여전히 노란 풍선을 손에 꼭 쥐고 있다는 것을. 그리고 언제든 마음만 먹으면 그 풍선을 타고 당신만의 아름다운 기억들이 있는 그곳으로 다시 날아갈 수 있다는 것을 말이다. 나의 서툰 젊음이 빚어낸 이 노래가 당신의 하늘에서 작은 점이 되어 사라질 때까지, 나는 이 싱겁고도 아름다운 기적을 오래도록 감사하며 지켜볼 것이다.

노래 듣기

눈물 없는 나라에

눈물 없는 나라에
눈물을 편지하면
닫힌 마음속에 흐르는
따뜻한 정을 느낄 거야

기쁨 없는 세상에서
기쁨을 노래하면
항상 즐거움만 가득한
행복한 날이 올 거야

눈물이 메마른 나라에도
포근한 사랑이 있을까?
우리가 다 함께 나누면
눈물이 생길 거야
따뜻한 맘이 생길 거야

나를 위한 주문

이 노래를 만들 때쯤, 청년에게 눈물이란 최루탄이 터져야 겨우 흐르게 되는 독한 액체였다. 최루 가스가 자욱한 거리에서 어쩔 수 없이 짜내야 했던 그 생리적인 눈물 외에, 마음에서 우러나온 온전한 울음이 사라진 듯한 그 시절의 건조함은 지금도 생생하다. 인공눈물 같은 것은 상상도 못 하던 시절, 나는 무엇을 내 울음의 도구로 삼아야 할지, 어떻게 해야 이 퍽퍽한 가슴을 적실 수 있을지를 통째로 잊어버린 채 살았다.

무던히도 편지를 쓰던 시절이었다. 빨간 장미 한 송이 살 돈이 없어 가난한 내 마음을 노래로 만들었건만, 그녀는 늘 나를 '부담스럽다'라는 말로 밀어냈다. 그 거절의 벽 앞에서 내가 할 수 있는 건 아마도 그녀를 더 부담스럽게 만들었을 편지질뿐이었다. 편지를 쓰기 위해 학교에 다녔나 싶을 정도로 나는 자주, 그리고 많이 썼다. 길거리에 우체통이 휴대전화 대리점보다 흔했던 시절, 나는 침을 한 번 쓱 발라 우표를 붙이던 그 묘하게 에로틱한 접착의 순간을 참 좋아했다.

우체통에 편지를 넣을 때 느껴지는 손맛도 특별했다. 편지가 가득 찬 날의 둔탁한 소리와 방금 수거를 마친 날의 텅 빈 공명음은 확연히 달랐다. 소리로 느껴지는 그 말할 수 없는 감각에 귀를 기울일 정도로 그 시절의 나는 예민하게 날이 서 있었다. 편지를 멀리 보낼 때는 마음의 무게가 딱 그 장거리의 물리적 거리만큼이나 강렬하게 다가왔다. 서울에서 부친 편지가 부산 동래구 사직동 어딘가에 도착하기를 기다리며, 정작 나는 그 편지보다 빠르게 부산의 거리를 배회하며 방학을 시작하곤 했다.

찾아간들 만나지도 못할 짝사랑이 사는 부산은 내게 늘 축축한 기억으로 남아 있다. 그날도 그랬다. 해운대가 지금처럼 화려한 마천루로 뒤덮이기 전, 밤이 되면 낭만적인 포장마차가 백사장 라인을 따라 정연하게 들어서던 시절이었다. 주머니엔 돈 한 푼 없었지만, 혼자만의 방문이 주는 두려움과 암담함을 견디며 나는 포장마차 주변을 어슬렁거렸다. 그때 어디선가 기타 소리가 들려왔다. 썩 잘 치는 솜씨는 아니었다. 살짝 열린 포장 틈으로 소리의 주인공을 확인하려는 찰나, 안에서 툭 던지는 목소리가 들렸다.

"들어오이소."

조건반사적으로 내 입에서 나간 말은 궁색했다.

"저 돈 없어요."

"기타 칠 줄 아는교?"

포장마차 주인의 입에서 나올 법하지 않은 질문이 비수처럼 꽂혔다. 엉거주춤 들어선 내 앞에는 어느새 김이 모락모락 나는 홍합 한 무더기와 소주 한 병이 차려졌다. 나는 다시 한번 돈이 없다고 손사래를 쳤지만, 그는 허허 웃으며 말했다. 딱 보니 학생 같은데 기타 칠 줄 알면 좀 쳐보라고.

어떤 곡을 연주했는지는 정확히 기억나지 않는다. 다만 기타 좀 친다며 잘난 척하기 좋은 〈Stairway to Heaven〉의 전주 같은 것을 연주하지 않았을까 싶다. 그는 한술 더 떠 노래까지 시켰다. 무슨 노래를 불렀는지도 가물가물하다. 하지만 내 노래가 끝나고 잠시 우리 둘 사이에 흐르던 그 짙은 침묵만큼은 선명하게 기억한다. 파도 소리는 지척에 있고, 밤바다 위에는 그녀의 얼굴만 둥둥 떠다니던 날. 나는 해운대의 그 포장마차에서 지칠 줄 모르고 노래를 불렀다. 노랫소리를 듣고 손님들이 하나둘 모여들었고, 내 기억 속엔 술자리의 흐트러짐보다는 지극히 낭만적인 분위기만 가득했던 밤이었다.

새벽이 깊어지자 그는 내게 잠자리는 있는지, 차비는 있는지 물었다. 대구에 있는 친가에 가서 돈을 얻어 서울로 가겠다고 했더니, 그가 꽤 큰 돈을 내 손에 쥐여 주었다.

"좀 더 있다 가이소. 오늘 장사는 처음으로 재미있었심더."

포장마차를 나와 해운대 바다가 보이지 않을 때까지 걸어 나오며, 나는 비로소 최루탄 없이도 눈물을 흘릴 수 있었다. 타인이 건넨 그 투박한 온기가 닫혀있던 내 마음의 둑을 터뜨린 것이다. 하지만 못나게도 나는 그 길로 다시 편지를 써서 해운대 우체통에 집어넣었다. 눈물 없는 나라에 눈물을 편지하면 닫힌 마음속에 따뜻한 정이 흐를 거라 믿으며.

그녀는 나로 인해 울지 않았다. 어쩌면 영원한 타인이었을 그녀에게 기쁨 없는 나날을 담아 편지하면 기쁨이 나무처럼 자랄까 기대했지만, 그런 기적은 일어나지 않았다. 나는 그녀가 나를 보고 싶어 울고 또 울었으면 했지만, 눈물은 오직 나의 몫이었다.

일 년 남짓 흐른 뒤, 내가 만든 노래가 온 세상에 퍼졌다. 부산 공연을 마치고 몸을 실은 침대칸 열차가 서울에 도착할 즈음엔 열차 안 스피커에서 〈새벽 기차〉가 흘러나왔다. 소위 말하는 '금의환향'이었다. 노래가 유명해진 뒤 나는 다시 해운대 포장마차를 찾았다. 하지만 그 고마운 주인은 어디에도 없었다. 나는 그를 영원히 다시 만나지 못했다.

눈물 없는 나라는 여전하다. 이제는 인공눈물로 뻑뻑한 눈을 적시는 메마른 시대가 되었지만, 나는 여전히 편지를 쓴다. 눈물 없는 나라의 어느 우체국으로, 닿지 않을 진심을 부친다. 기쁨 없는 세상에서 기쁨을 노래하면 언젠가 행복한 날이 올 거라는 그 시절의 순수했던 주문을 되뇌면서 말이다. 비록 그녀의 눈물은 얻지 못했으나, 그날 해운대의 포장마차 주인이 내게 건넨 그 '재미있었다'라는 한 마디가 오늘의 나를 여전히 노래하게 한다. 따뜻한 마음이 생길 거라는 그 간절한 기도는, 어쩌면 그녀가 아닌 나 자신을 구원하기 위한 주문이었는지도 모른다.

노래 듣기

이렇게 쓸쓸한 날엔

이렇게 쓸쓸한 날엔
한적한 거리를 걸어본다
낯익은 이름 하나를
나즉한 소리로 불러본다

이렇게 쓸쓸한 날엔
그렇게라도 해야지

이렇게 쓸쓸한 날엔
그렇게라도 해야지

이렇게 쓸쓸한 날엔
어두운 무대에 나서보자
낯설은 관객 앞에서
때 묻은 노래나 불러보자

이렇게 쓸쓸한 날엔
그렇게라도 해야지
이렇게 쓸쓸한 날엔
그렇게라도 해야지
이렇게 쓸쓸한 날엔
그렇게라도 해야지

쓸쓸한 날엔
그렇게라도 몸부림쳐야지

이만교 작가는 소년 같은 마음과 미소를 가졌다. 검은 안경 너머로 해맑게 웃는 그의 모습을 보고 있으면, 도무지 해맑음과는 거리가 먼 나는 늘 부러운 마음이 앞선다. 삼청동의 《라플란드》에서 처음 만난 그는 나를 보자마자 참으로 기뻐했다. 사람이 사람을 만나 좋아할 수는 있지만, 누군가의 등장을 진심으로 '기뻐한다'라는 것은 그리 흔히 볼 수 있는 풍경은 아니다.

자칭 라플란드의 재간둥이라 불리는 이철규가 손수 빚어 준비한 만두를 먹는 분위기가 무르익을 즈음이었다. 전설적인 디제이 이철규가 느닷없이 이 노래를 틀었다. 내 노래긴 하지만 히트곡도 아니고, 대체 누가 이 곡을 알까 싶어 귀를 기울이는데, 만든 이의 귀에도 제법 듣기에 나쁘지 않다. 그 순간, 어디선가 전성기 시절 가볍게 '솔' 음까지 올라가던 음원 속 내 목소리를 숨 쉬듯 타고 넘어가는 다른 이의 목소리가 들려왔다.

이만교 작가였다. 《결혼은 미친 짓이다》를 쓴 그가, 지금, 이 순간만큼은 내가 만든 노래에 미쳐 있었다. 세상에, 이 노래를 가사 한 자 안 틀리고 원키로 가볍게 2절까지 불러버리다니. 원곡자인 내 목소리는 어느덧 노래방 반주의 가이드 보컬로 전락해 버리고, 공간에는 이만교의 열창만이 남았다. 그 비현실적인 장면을 이호 작가가 덜컥 흑백사진으로 남겨버린 그 밤, 나는 문득 한 친구의 이름을 떠올렸다.

박용준. 이 친구는 지금 어디에서 무얼 하고 있을까? 전라북도 어디쯤이 집이었으니 지금도 그 어딘가에 뿌리를 내리고 살고 있으려나. 대학 시절 같은 과에서 함께 놀았던(공부했다는 말은 차마 양심상 못 하겠다) 이 친구와는 이렇다 할 대단한 접점이 없었음에도 꽤 진한 우정을 나눴었다. 경제학과를 다니며 음악에 미쳐 있던 나와, 영화에 미쳐 살던 용준. 우리를 묶어준 건 아마도 학과 내에서 '아웃사이더'라는 공통된 성향이었을 것이다.

둘이 만나면 나는 쉬지 않고 음악 얘기를 했고, 친구는 지치지도 않고 영화 얘기만 늘어놓았다. 두 사람의 이야기가 섞이다 보면 어느새 영화음악이 되기도 하고, 음악영화가 되기도 하던 참으로 아름답던 시절. '다섯손가락' 데뷔 후 방송과 행사가 많아지면서 어린 나이치고 주머니가 꽤 두둑했던 나는 늘 아낌없는 물주였다. 명동 전기 구이 통닭 건너편 2층 커피집에서 우아하게 사이펀 커피를 마시기도 하고, 당시엔 최고급이었던 국산 와인 '마주앙'을 앞에 두고 호사를 즐겼다.

이제 와 생각해 보면, 아직도 여드름 자국이 드문드문한 스물세 살 두 청년이 포도주잔을 앞에 두고 프랑스 영화를 논하고 존 콜트레인을 숭상하던 그 허세와 치기가 떠올라, 몸 어딘가가 부끄러움에 시큰시큰해진다. 그러던 어느 날, 이 친구가 군대에 간다고 했다. 나는 나름 잘나가는 처지라 최대한 입대를 미루고 있었는데, 용준이는 덜컥 영장이 나왔다는 말을 와인을 들이켜며 털어놓았다. 보통 이런 풍경은 연인이 마주 앉아 와인잔을 깨뜨리며 눈물을 흘려야 어울릴 법한데, 거무튀튀한 두 사내 사이에서 벌어진 일이라니 참 어이없는 장면이긴 했다.

친구의 입대가 어찌나 쓸쓸하던지, 그 이후로 나는 우아하게 즐기던 사이펀 커피를 끊었다. 대신 학교 후문 앞 '단비 다방'에서 크림 하나 설탕 둘을 넣은 다방 커피를 마셨고, 마주앙 대신 파전에 밀주를 마셨다. 사이펀 커피도 마주앙도 사라진 세상은 참으로 쓸쓸했다. 이 노래는 내 친구 용준이가 훈련소에 있을 때 그를 생각하며 만든 곡이다. 여기까지는 청춘의 우정과 낭만이 깃든 아름다운 사연이라 할 수 있겠다.

하지만 현실은 그리 호락호락하지 않았다. 거의 1년이 다 되어 전투경찰이 되어 휴가를 나온 친구의 얼굴은 그야말로 '썩어' 있었다. 친구도 군복만 벗으면 그저 평범한 대학생일 뿐인데, 시대의 비극은 그를 대학생을 잡으러 다녀야 하는 신세로 만들었다. 프랑스 문화원까지 드나들며 그 졸리고 이해 안 되는 예술 영화를 탐닉하던 감수성 예민한 청년에게, 그 처지가 얼마나 큰 상처였을지는 미루어 짐작이 가는 '영혼의 부패'였다.

그날도 우리는 마주앙을 소주 마시듯 퍼마셨다. 부르주아 술에 취한 친구와 나는 택시를 잡기 위해 퇴계로 대한극장 건너편 대로에 서 있었다. 술이 셌던 나는 주머니에 손을 넣고 멀쩡히 서 있었지만, 취할 대로 취한 친구는 대로와 인도를 오가며 넘어지고 일어나기를 반복하는 난리통을 피웠다. 지나는 택시는 우리를 피해 승차 거부를 했고, 급기야 친구는 거부하는 택시 앞을 가로막았다. 그리고 이내 운전기사에게 맞기 시작했다.

군복을 입은 현역 신분으로는 맞으나 때리나 결국 곤란해지는 건 매한가지인데, 친구는 그저 맞고만 있었다. 나름대로 싸움 기술자로 통했던 과거를 가진 나는 차분하게 두 사람을 말리며 기사님께 연신 사과했다. "친구가 너무 취해서 그렇습니다, 정말 죄송합니다." 그런데 그 순간, 기사의 주먹이 내게 날아왔다. 무하마드 알리처럼 위빙으로 피했으면 거기서 멈춰야 했다. 하지만 본능적으로 뻗어 나간 나의 '원-투-셋' 주먹이 비극의 서막이었다.

단 세 번의 주먹질에 기사의 턱뼈와 이가 다 나가버렸고, 우리는 현장을 지나던 백차에 실려 중부경찰서로 연행되었다. 현역 전경인 친구는 기사에게 맞은 것도 억울한데, 경찰서에 입장하자마자 형사 둘에게 패대기치듯 얻어맞았다. 그 시절 형사들은 일단 잘 때리는 사람을 뽑았던 것인지, 친구는 금세 만신창이가 되었다. 나는 상대적으로 곱상해 보였는지 상처가 날 정도로 맞지는 않았지만, 나의 정황 설명은 단 한 마디도 반영되지 않은 채 조사가 끝났다.

유치장에서 사흘쯤 지냈을까. 다정하고 침착한 얼굴을 한 아버지가 경찰서에 나타나셨다. 그 짧은 사이 아버지는 기사를 데리고 당신의 단골 치과인 봉천동 건화치과에 가서 견적을 내고 합의까지 마치신 모양이었다. 여기서 합의금으로 얼마를 썼는지는 굳이 밝히지 않겠다. 집으로 돌아오는 차 안에는 무거운 침묵만이 흘렀다. 그리고 대문이 열리자마자, 경찰서에서는 그렇게 다정하시던 아버지가 야구 방망이를 드셨다. 그것도 알루미늄 방망이를.

야구 방망이를 젓가락처럼 가볍게 다루던 그 아버지도 이젠 세상에 계시지 않는 오늘. 이만교 작가 덕분에 소환된 이 노래를 다시 듣는다. 코드는 딱 두 개, E7과 Am.

'이렇게 쓸쓸한 날엔 그렇게라도 해야지.'

쓸쓸한 날엔 그렇게라도 몸부림칠 수 있어 행복했던, 무모하고도 눈부셨던 젊은 날이었다. 친구야, 너는 지금 어디서 어떤 시간 속에 살고 있니.

노래 듣기

사랑할 순 없는지

누군가, 이 못난 나를 사랑할 순 없는지
서글픈 내 몸짓에 가난한 내 영혼까지

그대 여린 가슴을 놀라게 하긴 싫지만
나는 그대를 사랑하나 봐

슬픈 나날이지만 내겐 꿈이 있잖아
그대 나를 사랑할 순 없는지

그대가 이 슬픈 마음 만져 줄 순 없는지
내 마음, 이 모두를 그대에게 주고 싶은데

내 청춘의 실패

〈수요일엔 빨간 장미를〉이라는 노래는 아마도 내가 다녔던 대학 교정에서 가장 유명한 노래였을지 모른다. 사실 이 곡은 운명의 장난처럼 내게 왔다. 다섯손가락의 리드싱어 임형순이 자기가 부르기가 어렵고 무엇보다 어울리지 않는 것 같다며 양보한 덕에, 나는 졸지에 이 노래의 주인이 되었다. 그리고 이 노래는 내 의지와 상관없이 어느덧 '수요일 찬가'가 되어버렸다. 사랑을 이루고 싶은 연인들은 비 오는 수요일이면 약속이라도 한 듯 장미꽃을 준비했고, 고백의 순간마다, 이 노래를 세레나데로 불렀다. 가끔 공연장에서 나를 만난 이들이 "이 노래 덕분에 프러포즈에 성공해서 결혼했어요."라고 수줍게 고백할 때면, 나는 축하의 미소 뒤에서 화들짝 놀라곤 한다. 남의 사랑은 그토록 쉽게 이어준 노래가, 정작 내 사랑 앞에서는 왜 그리도 무력했는지에 대한 씁쓸한 자각 때문이다.

이 노래가 세상에 알려지기 전, 내가 곡을 만들고 가사를 다듬던 모든 과정을 지켜본 대학 동기가 있었다. 특히 방송반에서 피디를 하던 경제과 절친은 내 눈 뜨고 못 볼 희대의 짝사랑을 누구보다 잘 알고 있었다. 노래가 진심으로 좋아서였을까, 아니면 혼자 앓는 내가 측은해서였을까. 그 친구는 점심 방송 시간이면 어김없이 이 노래를 선곡했다. 그것도 모자라 하굣길 방송에서도 집요하게 이 노래를 틀어댔다. 캠퍼스의 스피커를 타고 흐르는 멜로디는 알게 모르게 '경제과의 이두헌이 무슨 과의 누구를 위해 만든 노래'라는 소문으로 번졌고, 결국 그 소문은 짝사랑 그녀의 귀에까지 들어갔다.

어느 날, 좀 보자는 그녀의 연락이 왔다. 학교 앞 카페 '파트원'의 이층 계단을 오를 때, 내 발걸음은 구름 위를 걷는 듯 아득했다. 무슨 음료를 마셨는지, 그날 창밖의 날씨가 어땠는지는 전혀 기억나지 않는다. 그저 그녀와 마주 앉아 있었다는 그 비현실적인 상황만이 정지 화면처럼 선명할 뿐이다. 짝사랑은 대개 그렇다. 그토록 그리워하고 머릿속으로 수만 가지 대화를 연습하지만, 정작 마주 앉으면 할 말이 하나도 없다는 것. 그 지독한 침묵 속에서 나는 그저 대역죄인처럼 고개를 숙이고 있었다. 죄라면 죄인 것이 사랑이라지만, 나는 왜 그리도 늘 송구했을까. 마침내 그녀가 입을 열었고, 짧고 단호한 한마디를 남겼다.

"나 너 부담스러워."

그 길로, 방송반으로 달려가 친구의 목을 졸랐다. "그 노래 틀지 말랬지!" 소리를 지르며 울분을 토했지만 이미 엎질러진 물이었다. 내가 왜 이 희대의 히트곡을 무대 위에서 좀처럼 부르려 하지 않는지, 이제야 그 이유를 고백한다. 조명이 켜지고 그 전주가 흐를 때마다, 그날 카페《파트 원》의 이층 창가에서 들었던 "부담스러워."라는 말이 유령처럼 내 곁을 떠나지 않기 때문이다.

하지만 아이러니하게도 1집 앨범은 예상외의 대성공을 거두었다. 음반 판매량이 제대로 집계되지 않던 시절이었음에도 65만 장 정도가 팔렸다는 이야기는 업계의 공공연한 비밀이었다. 길거리 레코드숍마다 내 목소리가 흘러나왔고, 공연장은 인파로 북적였다. 나는 공연을 내실 있게 하기 위해 2집 준비에 매진했다. 1집 수록곡만으로는 두 시간의 공연을 채우기에 턱없이 부족했기에, 남의 노래나 팝송을 섞어 부르는 것이 창작자로서 자존심을 건드렸기 때문이었다.

그쯤 노래가 유명해졌으면 짝사랑의 고통에서 나를 해방해 줄 법도 하건만, 그녀는 여전히 진지함이라고는 한 톨도 없는 모습으로 나를 스쳐 지나갔다. 마치 '짝사랑은 네 사정이고요, 나는 애들은 싫거든요'라고 말하는 듯한 무심한 표정. 나는 하릴없이 그녀의 집이 있던 원효로 어딘가를 배회하기도 하고, 먼발치에서 다른 이들과 웃고 있는 그녀를 보며 눈물을 훔치기도 했다. 그 유치찬란하고도 처절했던 시절, 나는 그녀를 향한 두 번째 연서(戀書)를 쓰고야 말았다. 이 노래는 만들지 말았어야 했다.

'사랑할 순 없는지.'

시작부터 자조적인 고백으로 점철된 노래였다. '누군가 이 못난 나를 사랑할 순 없는지' '슬픈 나날이지만'으로 시작하는 가사는 원래 '비록 돈은 없지만 내겐 꿈이 있잖아'였다. 나는 이 노래가 너무 개인적인 아픔이라 대중에게 알려지지 않을 것으로 생각했다. 하지만 내 예상은 보기 좋게 빗나갔다. 나오자마자 라디오 순위차트 1위를 차지하며 장기간 차트 상단에 머물렀다. 전국이 내 '못난 사랑'을 함께 노래하기 시작했다. 방송반 친구 녀석은 기다렸다는 듯 수요일의 장미 대신 이 노래로 선곡표를 갈아치웠다. 멘트는 그대로 둔 채 음악만 바꾼 채로, 다시 캠퍼스에는 내 구애의 노래 2탄이 울려 퍼졌다.

노래가 전국구가 된 어느 날, 그녀가 다시 나를 만나자고 했다. 심장이 터질 듯 설레었다. 은근한 기대감이 가슴을 쳤다. 이제 드디어 이 지독한 짝사랑도 끝인가. 세상 사람이 다 아는 노래를 두 곡이나 헌정했는데, 이제는 나를 '애들'이 아닌 한 명의 남자로 봐주지 않을까. 다시 찾은 카페 《파트 원》. 그녀는 지난번보다 더 단호한 표정으로 내게 결정타를 날렸다.

“나 너 진짜 부담스러워.”

‘진짜’가 하나 더 붙었다. 그것은 라면에 들어가는 달걀이나 떡 같은 추가 메뉴와는 차원이 다른 보강이었다. 거절의 강도를 높이기 위해 정성껏 고른 그 부사가 내 심장에 박혔다. 대중은 내 노래에 환호하며 사랑을 시작했지만, 정작 노래의 주인공은 그 사랑의 무게에 질식할 것 같다고 말하고 있었다. 내가 쏟아부은 진심이 누군가에게는 피하고 싶은 거대한 짐이 되었다는 사실을 확인한 순간, 나는 더 이상 노래할 힘을 잃었다.

나는 지금도 누구든 내 앞에서 ‘부담’이라는 단어를 쓰면 미간을 찌푸린다. 그것은 내 청춘의 실패를 소환하는 금기어다. 배가 불러서 음식을 남길 때도, 일이 많아 부탁을 거절할 때도 내 앞에선 절대 그 단어를 쓰지 마시길 바란다. 그냥 덜 드시라. 공깃밥 추가하지 말고, 조용히 수저를 놓으시라.

나의 노래들은 수많은 연인을 결혼시켰고, 누군가의 수요일을 아름답게 장식했으며, 가난한 영혼의 위로가 되었다. 하지만 정작 그 노래를 만든 사내는 ‘진짜 부담스러운 놈’이 되어 카페 계단을 내려와야 했다. 노래의 탄생은 이토록 비극적이고도 싱겁다. 누군가에게는 영원한 로맨스의 배경음악이, 내게는 다시는 돌아가고 싶지 않은 ‘진짜’ 거절의 기록으로 남았으니 말이다. 그럼에도 오늘도 누군가는 수요일에 장미를 사고, 누군가는 못난 자신을 사랑해달라 노래할 것이다. 그들이 부르는 노래의 갈피마다 내가 흘렸

던 원효로의 눈물과 파트 원의 정적이 숨어있다는 사실을 그들은
영원히 모를 테지만.

노래 듣기

어려운 세상

기쁨만이 가득한 세상
우리 모두 그리워하는
그러나 그리 쉽게 올 것 같지 않은 세상
어려운 세상

이 세상의 모든 무기는
아름다운 꽃이 되어서
싸우고 미워하는 세월은 끝이 났으면
끝이 났으면

미움만이 가득한 세상은 싫어
사랑하며 한세상 살고 싶은데

사랑만이 가득한 세상
우리 모두 그리워하는
그러나 그리 쉽게 올 것 같지 않은 세상
어려운 세상

만화 같은 꿈,
무기가 꽃이 되고 미움이 사랑이 되는

만화가 드라마가 되고, 영화가 되어 온 국민의 일상이 되는 것이 당연한 시대가 되었다. 만화를 보는 행위 자체가 불온한 상상력으로 치부되어 금지되거나 천시되던 나의 어린 시절을 생각하면 참으로 격세지감이다. 그런 유년의 기억이 깊게 박힌 탓인지, 만화가 원작인 드라마 속 인물이 부리는 전지전능한 설정은 예순이 넘은 내게 여전히 낯설고 서먹하기만 하다.

그런데도 내게는 어린 시절부터 지금까지, 지독하리만큼 일관되게 이어져 오는 만화 같은 꿈이 두 가지 있다.

하나는 안개가 자욱한 백두산을 한밤중에 홀로 오르는 꿈이다. 단순히 산을 오르는 고행으로 끝난다면 얼마나 다행일까. 이 꿈의 괴기함은 정상을 밟는 순간 시작된다. 천지에 올라 그 시퍼런 물을 내려다보는 찰나, 발이 미끄러져 그대로 물속에 처박히고 마는 것이다. 정신을 차려 주위를 둘러보면 사방엔 아무것도 없고, 나는 그 거대하고 차가운 천지 한가운데 홀로 떠 있다. 네스호의 괴물 '네시'를 떠올릴 겨를도 없이, 상상할 수 없는 한기와 공포에 온몸이 젖은 채로 잠에서 깨어난다. 초등학교 6학년 무렵 시작된 이 꿈은 장소도, 상황도 바뀌지 않은 채 수십 년 째 나를 괴롭히고 있다.

카를 구스타프 융은 되풀이되는 꿈을 일러, '삶이 건네는 질문을 아직 받아들이지 못했을 때 나타나는 징후'라고 보았다. 삶이 내게 보내는 이 서늘하고 일관된 질문의 답은 대체 무엇일까. 지금도 가끔 부동산 사무실 한편에 걸린 천지 사진을 마주할 때면, 그 살인을 내포한 풍경에 압도되어 진행하던 계약마저 취소하고 싶어질 만큼 그 꿈의 잔상은 질기다.

두 번째 꿈은 그야말로 순정 만화이자 판타지다. 상황과 환경이 순식간에 이동하고 시대가 뒤죽박죽 섞인 이 꿈속에서 나는 늘 칼에 찔리거나 총에 맞는다. 일본 사극에나 나올 법한 으슥한 거리에서 검은 옷의 닌자가 던진 표창이 내 심장을 향해 정확하게 날아와 꽂힌다. '아, 이제 죽었구나' 싶어 눈을 떠보면, 내 가슴에는 날카로운 흉기 대신 노란 국화 한 송이가 안겨 있다. 나치 수용소에서 탈출해 달아나는 내 뒤통수를 향해 난사된 기관 총알은 어느

© 권동희

새 안개꽃이 되어 나를 포근히 뒤덮는다. 히로시마를 향해 투하된 원자폭탄은 거대한 버섯구름 대신 오색찬란한 꽃바구니가 되어 세상에 흩날린다.

카뮈는 인간에게 남겨진 마지막 자유가 있다면, 그것은 현실을 어떻게 상상할 것인가를 선택하는 일이라고 썼다. 칼과 총, 폭탄이 난무할수록 세상이 꽃밭으로 변하는 이 기묘한 꿈 또한 50년째 이어지고 있다. 백두산 천지에 빠지는 꿈이 늘 고통스러운 형벌이라면, 무기가 꽃으로 변하는 이 꿈은 꿈속에서조차 나를 미소 짓게 만든다.

기쁨만이 가득한 세상을 늘 그리워했다. 하지만 사람은 저마다 좋았던 날은 찰나이고, 힘든 날은 영겁처럼 길기만 하다고 한탄한다. 좋은 날의 시간은 화살처럼 빠르게 흐르고, 괴로운 날의 시계추는 진흙 속을 걷듯 더디 갈 뿐, 물리적인 시간은 결국 같은 것이라고 말해도 아무도 믿지 않는다.

결국 세상은 내가 설정한 대로 움직인다. 마치 내가 꿈속의 모든 무기를 꽃으로 설정해 놓았듯이, 결과는 결코 나의 설정값을 벗어나지 않는다. 아우슈비츠의 절망을 건너온 빅터 프랭클은 인간에게서 거의 모든 것을 빼앗을 수 있어도, 어떤 태도로 세상을 받아들일지 선택하는 '최후의 자유'만큼은 빼앗을 수 없다고 증언했다. 우리는 저마다 어려운 세상을 산다고 말하지만, 어쩌면 우리는 스스로 설정한 난이도의 게임 속을 살아가는 것인지도 모른다.

게임의 난이도를 '초보'로 선택하든 '고수'로 선택하든, 게임은 초보에겐 초보의 수준에서 버겁고, 고수에겐 고수의 영역에서 그를 괴롭힌다. 고통의 질량은 늘 공평하다.

스물두 살 무렵, 나는 이 만화 같은 꿈을 노래로 만들었다. 무기가 아름다운 꽃을 발사한다고 해서 싸우고 미워하는 세상이 당장 끝나는 것은 아닐 것이다. 인간은 늘 새로운 무형의 무기를 개발하는 원시적 본능을 생존의 조건이라 착각하는 가련한 동물이니, 언젠가는 나의 이 꽃 피는 꿈도 무용지물이 될지 모른다.

그래도 백두산 천지에 빠져 허우적거리는 꿈만 남는 인생은 너무나 가혹하지 않은가. 부디 신께서 내게 더 만화 같은, 색다른 꿈을 주시기를 기도한다. 조금 더 발칙한 성인 만화 같은 꿈이면 더 좋으련만. 무기가 꽃이 되고 미움이 사랑이 되는 이 '어려운 세상'의 설정값을, 나는 오늘도 노래라는 도구로 아주 조금씩 수정해보려 한다.

노래 듣기

이층에서 본 거리

수녀가 지나가는 그 길가에서
어릴 적 내 친구는 외면을 하고

길거리 약국에서 담배를 팔 듯
세상은 평화롭게 갈 길을 가고

분주히 길을 가는 사람이 있고
온종일 구경하는 아이도 있고

시간이 숨을 쉬는 그 길가에는
낯설은 그리움이 나를 감싸네

이층에서 본 거리 평온한 거리였어
이층에서 본 거리 안개만 자욱했어

해묵은 습관처럼 아침이 오고
누군가 올 것 같은 아침이 오고

아무도 찾아오지 않는 이유로
하루는 나른하게 흘러만 가고

구경만 하고 있는 아이가 있고
세상을 살아가는 어른도 있고

안개가 피어나는 그 길가에는
해묵은 그리움이 다시 떠오네

이층에서 본 거리 평온한 거리였어
이층에서 본 거리 안개만 자욱했어

© 이두헌

야만의 시대에서
노래는

'이층집 아줌마'. 어릴 적 앞집에 살던 이웃 아주머니를 나는 그렇게 불렀었다. 이층집이 부의 상징이었던 1970년대, 아마도 이층집 누구라고 불렸거나 불렀던 사람은 그 명칭이 가졌던 묘한 무게감을 기억하고 있으리라. 골목길을 걷다 보면 이층 창을 통해 〈소녀의 기도〉 혹은 〈엘리제를 위하여〉가 흘러나오던 풍경. 내 귀를 사로잡던 이층집 소녀의 피아노 소리에 빠져, 나도 피아노를 배우게 해달라고 어머니께 졸랐던 기억이 선명하다. 물론 바이엘 하권을 채 떼기도 전에 태권도장의 기합 소리와 맞바꿔버리고 말았지만 말이다.

이층집 아이가 되는 것이 꿈이었다. 내가 어찌할 수 없는 영역의 일이지만, 부모님의 뼈가 다 녹아버리더라도 동네에서 나만 이층집 아들이면 좋겠다는 생각을 꽤 오래 했었다. 그런 나의 간절함이 하늘에 닿았을까. 중학교에 들어갈 무렵, 나는 3층 집 아들이 되어 있었다. 서울 영등포구 대림동 안쪽, 아카시아 가로수가 늘어선 길을 지나 얕은 언덕 위의 3층 집으로 이사를 하게 된 것이다. 넓은 앞마당과 지하방까지 갖춘 저택이었다. 지대가 높은 덕에 이층 내 방 창으로 보이는 풍경은 마치 10층 빌딩에서 내려다보는 세상 같았다. 그러나 사업을 하셨던 아버지의 부침 탓이었는지, 그 집에서 '3층 집 아들' 소리를 길게 듣기도 전에 나는 다시 단층집 아들이 되었다. 그래서일까, 지금도 이층 창가에서 나를 내려다보며 "학교 가니?" 하고 다정한 미소를 건네던 앞집 아주머니가 유독 또렷하게 기억난다.

이층이라는 곳은 참 묘한 높이다. 무엇이 그리 묘하냐고 묻는다면 딱히 할 말이 없으면서도, 나는 이층 창가에 앉아 거리를 내려다보는 일을 유난히 좋아했다. 지금의 건강한 나를 보면 다들 놀라겠지만, 어릴 때의 나는 참 병약했다. 맹장, 신장염, 편도선, 축농증까지 크고 작은 수술과 병치레로 인생의 절반을 입원실에서 보냈다. 역설적으로 입원을 해야 하는 상황이 오면 나는 행복했다. 일단 내가 싫어하는 모든 것으로부터 '방학'을 할 수 있었으니까. 그보다 더 좋았던 것은 입원실이 묘하게도 늘 이층으로 정해진다는 점이었다. 아픈 감각은 잠시뿐, 내 의식의 꽤 많은 부분은 늘 이층이라는 높이가 차지하고 있었다.

1983년, 대학생이 된 이후의 시절을 떠올리면 나는 가끔 삭제 버튼 하나로 그 시간을 송두리째 지워버리는 꿈을 꾼다. 시위가 매일같이 벌어지던 대학 시절, 이층에서 내려다보는 거리는 방관자였던 비겁한 내게 너무나 비참한 풍경이었다. 무자비하고 잔인했던 독재의 시절, 이층 창 어딘가에서 유인물이 뿌려지고, 곧이어 3층에서 또 뿌려졌다. 그렇게 높이를 바꿔가며 알리고 싶었던 진실이 길바닥에 나뒹굴던 시절이었다.

내 고백이 담긴 사랑 노래 하나가 세간에 알려지며 나는 그저 그런 통속적인 노래를 만들고 부르는 '대학생 오빠'가 되어버렸지만, 가슴 한쪽에 쌓인 울분과 아픔은 언제든 터져 나올 것 같은 마른기침과 같았다. 노래가 유명해질수록 창작의 자유는 좁아졌다. 곡을 완성하면 악보와 가사를 공연윤리위원회에 보내야 했고, 돌아오는 악보에는 빨간 줄이 그어지거나 반려, 수정이라는 어려운 낙인이 찍혀 있었다. 어느덧 나는 그 빨간 줄을 피하는 법을 터득했다. 심의를 통과할 가능성이 높은 주제와 단어를 골라 버무리는 능숙한 생산자가 되어버린 것이다. 규제를 만드는 이들이 가장 선호하는 사람이 되어버린 나 자신을 보는 것은 괴로운 일이었다.

다섯손가락 2집의 〈풍선〉과 〈사랑할 순 없는지〉가 온 세상에 울려 퍼지던 1986년. 민주화를 부르짖던 젊은이들이 상상할 수 없는 무자비한 고문에 시달리던 남영동 대공분실, 그곳에서 불과

100m도 떨어지지 않은 한 카페에 나는 앉아 있었다. 어머니가 운영하시던, 베토벤의 급진적인 바이올린 소나타 이름을 딴 커피 전문점《크로이첼》. 그 2층 창가 자리에 앉아 우울하게 바라본 거리에서, 나는 절친했던 중학교 동창이 구두를 닦고 있는 모습을 보았다. 대학생인 나와 일찍이 노동자가 된 친구 사이의 거리만큼이나 어이없게도, 길 건너 약국 간판 아래에는 '담배'라는 글자가 매달려 있었다.

잠시 뒤 카페 문이 열리고 열 살도 안 되어 보이는 아이가 테이블마다 껌 한 통과 처지를 적은 마분지 한 장을 돌렸다. 화사한 원피스를 입은 여학생 사이로 고개를 숙인 채 말없이 걷는 수녀님의 모습이 겹치자, 순간 거리는 온통 회색빛 안개로 변해버렸다. 약국에서 담배를 파는 모순된 세상, 알은체하는 나를 외면하며 구두를 닦는 친구, 눈과 귀를 잃어버린 어른들 사이에서 껌을 파는 아이. 나는 비통한 마음으로 노래 〈이층에서 본 거리〉를 만들었다.

원래 가사는 이랬다.

'수녀가 지나가는 그 길가에서 / 어릴 적 내 친구는 구두를 닦고 / 길거리 약국에서 담배를 팔듯 / 세상은 모순 속에 깊어만 가고 / 분주히 길을 가는 사람이 있고 / 온종일 껌을 파는 아이도 있고 / 시간이 숨을 쉬는 그 길가에는 / 낯설은 그리움이 나를 감싸네 / 이층에서 본 거리 어두운 거리였어 / 이층에서 본 거리 안개만 자욱했어'

비겁했던 나의 노래는 검열로 난도질당한 채 세상에 나왔다. '구두를 닦고'는 '외면을 하고'로, '모순 속에 깊어만 가고'는 '평화롭게 갈 길을 가고'로 바뀌었다. 야만의 시대에 노래는 위로를 전하는 것만으로도 불온한 것이 되었다.

1980년 5월, 광주를 피로 물들인 비상계엄의 시대에 나는 고등학생이었다. 광주민주화운동 5년 뒤인 1985년, 광주 YWCA 무대에 올라 연주하며 나는 연신 미안하다고 했다. 총알 자국이 선명한 벽을 바라보며, 광주가 모든 것이 차단된 채 짓밟혔던 그 순간 나는 어디에서 무엇을 하고 있었던가를 참회했다. 최근에야 그 자리에 있던 사람에게 들은 이야기지만, 당시 객석에서 들은 나의 발언은 매우 위태로웠다고 한다. 그 뒤늦은 용기는 다섯손가락의 해체에 촉매가 되었다. 이 노래에 담긴 생각은 팀의 생각이 아닌 나의 고립된 생각이었기 때문이다.

2023년 10월 12일, MBN 밴드 경연 프로그램 《불꽃 밴드》의 최종 무대에서 나는 원년 멤버들과 함께 다시 이 노래를 불렀다. 그리고 우리는 이 노래로 1등을 차지했다. 기타 솔로를 연주하다가 기타 줄이 끊어진 것은 과연 우연이었을까? 그 끊어진 줄이 마치 1986년 남영동의 안개 속에서 차마 잇지 못했던 진실의 비명처럼 느껴져, 나는 잠시 숨을 멈추었다. 이제야 비로소, 이층에서 본 거리가 다시는 더 이상 어둡지 않기를 바라는 마음으로 말이다.

노래 듣기

전자오락실에서

전자오락실에서
무수히 많은 비행기들을
부숴버리고 나서 꿈을 꾸었지

무죄의 비행기들이 하나둘 소복을 입고
하늘로 날아오르는 그런 꿈을 꾸었어

세상은 늘 죄가 없나 봐
그 안에 사는 사람들만큼
세상은 늘 죄가 없나 봐
그 안에 사는 나만큼

문명의 낯선 모습이 표독한 이를 내미는
전자오락실에서
난 참 많은 걸 느꼈나 보다
전자오락실에서

금지곡

전자오락실. 나는 '피시방'보다 전자오락실이라는 단어가 촌 냄새 나고 정겹다. 요즘 잘나가는 온라인 게임의 예리하고 차가운 제목보다, '전자'와 '오락'이 투박하게 결합한 이 단어가 한없이 살갑기만 하다.

청춘을 다 바쳐 낮과 밤 없이 죽도록 일만 하던 부모님은 어묵 공장을 운영하셨다. 그 어묵을 팔아 번 돈으로 우리 가족은 대림동을 벗어나 신림동, 정확하게는 '낙골'이라 불리던 난곡동에 건물을 지어 이사했다. 내가 중학생이던 시절이었다. 3층짜리 건물 1층에는 전자제품 대리점과 서점이 있었고, 2층에는 한식당, 지하에는 다방이 들어선 꽤 웅장한(?) 건물이었다.

일이라는 게 그렇게도 지긋지긋했던 것일까. 건물주가 된 아버지는 그날로 완전한 '백수'를 선언해 버리셨다. 라이온스 클럽 회원, 새마을 금고 이사 같은 속물적인 활동에 전념하며, 스스로 노동하는 경제 활동과는 완전히 인연을 끊고 남이 노동해서 바치는 돈으로 사는 인생을 택하신 것이다. 강남으로 가자던 어머니의 선견지명을 한마디로 묵살한 아버지는 집 건너편에 작은 단층 빌딩을 하나 더 사셨다. 지금도 어머니는 가끔 말씀하신다. "그때 강남에 사려던 건물이 지금은⋯." 이하 생략이다.

바로 그 건물 1층에 문제의 전자오락실이 세입자로 들어왔다. 때는 청소년에게 유난히 '금지'가 많았던 시절이었다. 빵집도 마음대로 가면 안 됐고, 학교 앞 분식집조차 학생주임 선생의 눈을 피해 다녀야 했다. 떡볶이와 라면마저 어른들의 잣대에 따라 불온한 것이 되던 시대. 그 와중에 전자오락실은 참 애매한 공간이었다. 새로운 문물이 늘 그렇듯, 금지하려는 자와 금지당하는 자 사이에 아직 암묵적인 법령이 만들어지기 전이었다.

나는 그곳에서 두더지 잡기와는 차원이 다른 전자오락의 세계에 빠져들었다. 남산 어린이회관에서 즐기던, 핸들 끝에 매달린 나무 자동차가 길을 따라 달리던 아날로그의 정점과는 급이 다른 세계였다. 나는 주인집 아들 신분을 만끽하며 내 집처럼 오락실을 드나들었다.

그러던 어느 날, 선생님을 비롯한 모든 어른이 갑자기 말을 조심하기 시작했다. 밤에는 나다니지 말라는 엄명이 떨어졌다. 그것은 빵집이나 분식집 단속과는 차원이 다른 금기의 시작이었다. '삼청교육대'라는 곳에 입소한 사람들이 웃통을 벗고 통나무를 좌우로 옮기는 장면이 매일 방송에 나왔다. 누군가는 동네 깡패들이 싹 쓸려갔다며 쾌재를 불렀지만, 실상은 달랐다. 깡패 근처에도 안 갔던 동네 형들과 약간 모자란다고 놀림당하던 친구 아버지까지 끌려갔다는 사실을 알게 된 것은 그리 오래되지 않은 뒤였다. 오락실에서도 잡혀갔다는 헛소문이 퍼진 뒤로 오락실은 한동안 문을 닫았다.

나는 교복과 두발 자율화가 이루어지기 전 마지막 세대로, 짧은 머리에 검은 교복을 입고 밀가루 세례를 받으며 고등학교를 졸업했다. 그리고 얼떨결에 대학생이 되었다. 하루가 멀다고 화염병과 돌, 최루탄이 뒤섞이던 시절. 나는 충무로 오토바이 가게가 즐비한 도로 한쪽에 자리한 오락실을 피신처로 삼았다. 바깥세상은 절규와 피, 눈물이 난무하건만, 전자오락실 안은 마치 '동막골'처럼 천진난만했다.

건너편 선술집에서 새 메뉴로 나온 개불의 신기한 맛을 안주삼아 소주를 마시고, 혼미한 정신으로 오락실에 들어서면 환각을 부르는 전자음이 들려왔다. 나는 그 묘한 전자음을 2분만 들으면 금세 〈이상한 나라의 앨리스〉가 되어버렸다. 나는 《1942》라는 게임에 완전히 빠져버렸다. 항공모함을 향해 추락하는 전투기를 피

하며 총탄을 쏘아대고, 마지막엔 거대한 우주선 같은 비행기를 부
숴야 끝나는 게임. 그때나 지금이나 내 성격은 한 가지를 시작하면
끝을 보는 쪽이다. 술에 취한 날이면 나는 늘 1942년으로 돌아갔
다. 세계가 왜 싸우는지도 모르고 총을 쏘던 1942년이나, 깡패가
아닌데도 머리털을 깎여야 했던 1980년대나 내 눈에는 큰 차이가
없었다. 나는 살기 위해 나를 향해 추락하는 비행기를 부수고 또
부수어야 했다. 살기 위해 하는 오락은 늘 처절했다.

그날도 그랬다. 술에 취했고, 살기 위해 1942년의 나를 구해야
했다. 종점에서 버스 기사의 고함에 잠이 깨 비틀거리며 집으로 돌
아온 밤, 나는 꿈꾸었다. 내가 쏜 대공포에 맞아 추락하던 비행기
들이 소복을 입고 다시 하늘로 날아오르는 꿈을.

그래, 비행기는 죄가 없었다. 비행기를 향해 이유 없이 포탄을
갈긴 내가 죽일 놈이었을 뿐. 죄 없이 통나무를 들어야 했던 동네
형들처럼, 비행기도 무죄였다. 문득 나는 거대한 죄인이 되어 있었
다. 죄 없는 비행기를 죽인 죄, 오락실로 숨어든 죄. 그리고 무엇보
다 잡혀가지 않은 죄.

이 노래는 금지곡이 되었다. 3집 앨범에는 가사를 넣을 수가
없어 색소폰 솔로 연주곡으로 발표가 되었다. 이유는 모른다. 전자
오락실 자체가 금지의 공간으로 전락했기 때문일 수도 있고, '부
숴버린다'라거나 '무죄'라는 단어가 그분의 심기를 거슬렀을 수도
있다. 세월이 흘러 이제는 앞이 보이지 않는 현실의 돌팔매와 최루

탄에 눈물 흘리는 날이 잦아지고 있다. 가죽이 반쯤 벗겨져 노란 스펀지가 드러나 있던, 등받이 없던 오락실 회전의자를 빙빙 돌리며 나의 젊음은 그렇게 무엇인가로 변신해 버렸다.

　지금도 가끔 귓가에 《1942》의 그 단조로운 전자음이 환청처럼 들려오곤 한다.

노래 듣기

그대가 보고 싶은 날

해가 지는 가을 저녁 무렵
바람은 불고

그대와 걷고 싶은 저 길은
저리도 빛나는데

빈 화랑에 걸린 어두운 빛깔의
그림 속으로 들어가고픈
눈물겨운 하루

오늘은 그대가 보고 싶은 날
오늘은 그대가 보고 싶은 날

눈 내리는 겨울 저녁 무렵
거리는 울고

우수에 어지러운 세상은
저리도 서러운데

빈 거리를 걷는 서글픈 사람의
마음속으로 들어가고픈
눈물겨운 하루

오늘은 그대가 보고 싶은 날
오늘은 그대가 보고 싶은 날

1985년이 1986년으로 몸을 바꾸던 그 무렵의 겨울이었던가. 신촌 크리스털 백화점 소극장에서 들국화의 공연이 열리던 날이었다. 당대 최고의 작사가이자 가수로도 빛나던 박주연 씨가 게스트로 무대를 장식하고, 전인권 선배가 그 특유의 어눌하면서도 기묘한 마력이 깃든 목소리로 멘트를 던졌다. "여기 다섯손가락의 이두헌 씨가 와 있네요." 노래 중간에 터져 나온 그 한마디에 객석이 술렁였다. 무명과 유명 사이, 그 어정쩡한 경계에 서 있던 나에게는 모든 것이 신기하고 낯선 밤이었다.

음악적으로 도저히 닿을 수 없을 것만 같은 들국화 형님들의 압도적인 연주를 들으며, 나는 깊은 의기소침에 빠진 채 지하철

2호선 계단을 내려가고 있었다. 그때였다. 명징하게 예뻤던 한 여학생이 내 앞을 가로막아 섰다. 당돌하다기보다 뭔가 확신에 찬 태도로 그녀는 말했다. "여기다 주소 좀 적어 보세요." '적어 주세요'가 아닌 '적어 보세요'라니. 기습 공격을 당한 패잔병처럼, 나는 왜 그래야 하는지 묻지도 못한 채 얼떨결에 그녀가 내민 공책에 '관악구 신림동…'으로 시작하는 주소를 적어 넣었다. 훗날 그것은 자술서이자, 내 운명을 송두리째 바꿀 계약서가 되었다.

그 기묘한 조우를 잊어갈 즈음, 편지 한 통이 날아들었다. 발신인의 이름도 없이 봉투 귀퉁이에 한자로 '知人(지인)'이라고만 적힌 빨간색 봉투였다. 봉투를 열자마자 나는 전율했다. 내 글씨를 꼭 닮은 필체, 그리고 그 필체로 가득 채워진 어두운 언어. 그것은 영원히 해가 뜨지 않는 나라에서 보내온 전보 같았다. 나와 같은 어둠의 행성에 살다가 인간의 땅으로 유배된 동족의 언어를 만난 듯한 신비로운 일체감. 나는 무엇인가에 홀린 듯 답장을 보냈고, 그렇게 '지인'과 나는 보이지 않는 실에 묶인 채 서로의 유배지를 공유하기 시작했다.

우리는 결국 만났다. 어디였는지는 중요치 않다. 다만 기억나지 않는 세세한 일면까지 애써 불러내고 싶을 만큼, 그때의 우리는 애틋하고 푸르렀다. 두 번째 만남이었을까. 숭인동 그녀의 집 앞까지 바래다주다, 대문 앞에서 귀가가 늦는 딸을 기다리던 미래의 장모에게 어울리지도 않게 쓰고 있던 야구 모자를 벗김 당해 따귀를 맞기도 했다. 그럼에도 우리는 그 흔한 '사고' 한 번 치지 않고, 스물다섯이라는 어린 나이에 덜컥 결혼이라는 문턱을 넘어버렸다.

상견례 자리, 내 맞은편에 어디선가 본 듯한 그 '명징하게 예쁜 소녀'가 앉아 있었다. 그녀는 미래의 형부가 될 나를 보며 피식 웃었다. 자세히 보니 신촌역에서 내 주소를 받아 갔던 바로 그 공책 소녀였다. "아! 그 '적어 보세요?'" 그렇게 그녀는 내가 가장 아끼는 처제가 되었다. 필름을 되감아 보자면 그날 받아 간 주소를 언니에게 건넸고, 언니는 별생각 없이 내게 편지를 썼다고 했다. 아니, 정말 별생각이 없었을까? 어쩌면 우주의 어느 정교한 설계자가 우리 세 사람을 하나의 궤적 위에 올려놓은 것은 아니었을까.

막 대학에 입학한 처제 현선이는 우리 신혼집을 제 집처럼 드나들었다. 형부의 파자마를 거침없이 걸쳐 입고 소파에 길게 누워 맥주를 마시던, 우아하면서도 살가웠던 아이. 그녀가 졸업반이던 어느 시린 겨울날이었다. 저녁상을 기다리던 중 장모의 전화를 받았다. 제정신이 아닌, 통곡 섞인 목소리로 아내에겐 절대 말하지 말고, 당장 방지거 병원으로 오라는 명령이었다. "이 서방, 현선이가 죽었어."

건널목 교통사고였다. 그 찬란하게 예쁘던 얼굴은 형체를 알아볼 수 없이 무너졌고, 그 가녀린 온몸은 산산조각 나 있었다. 대학 졸업반, 삶의 찬란한 빛을 이제 막 뿜어내려던 영혼은 그렇게 허망하게 바스러졌다. 장례를 치르고 텅 빈 집으로 돌아왔을 때,

자동응답기의 빨간 불빛이 깜빡이고 있었다. 녹음된 메시지 속에서 그녀의 목소리가 흘러나왔다. 언니를 '야'라고 부르던 그녀 특유의 씩씩한 말투.

"야, 나 너희 집 가려고 버스 기다리는데 너무 추워."

그것이 마지막이었다. 사고 직전, 추위 속에서 형부와 언니의 온기를 찾아 떠나려던 마지막 음성. 참아왔던 통곡이 그제야 봇물 터지듯 터졌다. 3일 내내 울부짖던 아내는 급기야 정신을 놓은 듯 기괴한 침묵에 빠져들었다. 우리는 무덤조차 만들지 못했다. 이촌동 한강 둔치에서, 나는 내 손으로 그녀를 차가운 강물에 띄워 보냈다. 손가락 사이로 빠져나가 하얗게 바람에 날리던 그녀의 영혼을 나는 지금도 생생하게 기억한다.

이 노래 〈그대가 보고 싶은 날〉의 1절은 그녀가 남긴 글이다. 글쓰기를 좋아했던 그녀의 유품 노트 속에 남아 있던 어두운 언어들에 내가 멜로디를 붙였다. 2절은 떠나간 그녀를 그리며 내가 썼다. 그래, 가사는 남았으나 그녀는 없다. 그리고 운명의 장난처럼, 그 편지를 썼던 그녀의 언니는 이제 나의 '전처'라는 메마른 호칭으로 남았다.

우주의 한 모퉁이에서 벌어진 꿈같은 일들이 지나간 자리에는 오직 강물처럼 흐르는 그리움만이 고여 있다. 유독 찬 바람이 부는 날이면, 신촌역 계단에서 당돌하게 나를 멈춰 세웠던 그 명징한 눈빛이 보고 싶어진다. 강물로 변해 바다로 갔을 그녀는, 그곳에서도 여전히 ‘적어 보세요’라며 누군가의 운명을 조율하고 있을까.

노래 듣기

늘 아름다운 세상을 위하여

밤하늘에 반짝이는 별들을 보면
수많은 꿈과 사랑이 가득 있는 듯해요

꿈을 잃은 사람들의 표정을 보면
한 아름 별을 따다가 나눠주고 싶어요

세상에 살아 있는 시간 동안
즐거움을 다 함께 나눌 수가 있다면

늘 아름다운 세상이
온 누리에 펼쳐지겠죠
늘 아름다운 마음만
복잡한 거리에도 나의 빈 마음에도

푸른 하늘 날아가는 새들을 보면
하늘엔 자유로움이 가득 있는듯해요

슬픈 일에 눈물짓는 사람을 보면
가만히 마주 앉아서 울어주고 싶어요

세상에 살아있는 시간 동안
슬픈 일도 다 함께 나눌 수가 있다면

늘 아름다운 세상이
온 누리에 펼쳐지겠죠
늘 아름다운 마음만
복잡한 거리에도 나의 빈 마음에도

ⓒ 이두헌

내 노래가 따뜻한
별 한 조각이 될 수 있다면

내 노래들 속에는 유난히 어린 시절을 지워진 어느 날, 혹은 언젠가 돌아가야 할 어느 날로 상정하는 가사가 많다. 사실 내 유년이 그다지 행복했다고 말할 수는 없다. 그런데도 어린 날의 그때를 늘 돌아가야만 할 '본향'으로 떠올리는 이유는 무엇일까. 본향이라 믿으면서도 동시에 모조리 지워버리고 싶다는 양가적인 충동은 왜 생겨나는 것일까.

돌이켜보면 특별히 행복할 구석이 없는 유년이었다. 선천적으로 모성이 부족했던 어머니와 전쟁 통에 남으로 피란을 내려온 실향민으로서 평생 피해의식과 돈에 대한 강박 속에서 사셨던 아버지. 누군가는 그것을 우스운 핑계라 치부할지 모르나, 그 서늘한 가정환경은 어린 나의 정서를 늘 춥게 만들었다. 그래서였을까. '서울내기 다마내기' 소리를 들으면서도 나는 대구의 큰집에 가는 명절날만을 손꼽아 기다렸다.

하지만 대구로 향하는 길은 고통스러웠다. 차멀미가 심해 금강 휴게소에만 도착하면 어김없이 토악질을 해댔다. 그런데도 그 어지러움을 무릅쓰고 나는 늘 설레는 마음으로 대구행 버스에 올랐다. 큰집 마당에 들어서면 할아버지가 사냥의 전리품으로 잡아온 노루와 꿩의 사체가 수돗가에 널브러져 있었다. 비릿한 피 냄새와 함께 형제가 유난히 많았던 큰집의 그 소란함이 나는 그저 좋았다. 온종일 빈대떡을 부치고 만두를 빚어 먹던 시간은 비현실적으로 꿈같았다. 우리 집에서는 늘 의젓해야 하는 맏이였지만, 대구에만 가면 모든 허물이 용서되는 막내가 된다는 그 서열의 바뀜도 내겐 구원 같았다.

그 서열을 방패 삼아 남의 집 대문 손잡이에 폭음탄을 묶어놓고, 장독대를 뛰어다니는 등 온갖 위험한 장난을 치며 동네 아이들과 대구 남산동 일대를 쏘다니던 일은 내 생애 가장 빛나는 순간이었다. 길 건너 염매시장에서 장사를 하시던 큰어머니가 차라리 내 엄마였으면 좋겠다고 생각한 날도 많았다. 유난히 형제가 많았던 큰 집에 복잡한 출생의 비밀이 숨겨져 있었다는 것을 안 것은 아주 나중의 일이었고, 나를 유난히 아껴주시던 큰어머니 얼굴에 평생 따라다니던 그 알 수 없는 미세한 불안이 내 시야에 들어온 것은 그보다 훨씬 더 뒤의 이야기였다.

유년은 결국 '성장'이라는 도둑에게 모든 것을 훔침 당한다. 그토록 되고 싶던 어른이 되어서야, 나는 시간에 모든 것을 털린 빈털터리라는 사실을 비로소 알게 되었다. 내가 쓴 가사 속의 '복잡한 거리', '나의 빈 마음', 그리고 '늘 아름다운 세상'이라는 단어의 나열은 어쩌면 앞뒤가 전혀 맞지 않는 모순일지도 모른다. 하지만 이를 단지 차가운 반어법이었다고만 말하고 싶지는 않다. 내가 다다른 어른의 시절이 불행하다고 이야기하고 싶은 것도 아니다. 나는 단지, 우리가 살아가는 이 세상이 적어도 내가 꿈꾸던 그 기억만큼 조금이라도 아름다웠으면 했을 뿐이다.

큰집 형제들이 사실은 배다른 형제였다는 진실이 밝혀졌을 때도, 행복했던 그 시절 나의 미소를 '없던 일'로 할 수는 없었다. 또한 내게 기타라는 악기가 가진 마법 같은 매력을 처음 알려준 사촌 누나가 갑자기 미워지지도 않았다. 딸이 귀하던 큰집에 막내로 태어난 누나는 유난히 영특했다. 문학적 감각과 음악적 재주는 이미 어떤 수준 너머에 있었다. 예비고사를 치르고 본고사를 준비하기 위해 잠시 서울 우리 집에 머물 때, 누나는 낡은 클래식 기타 한 대를 지니고 왔다.

시험을 앞둔 긴장된 마음을 달래려 누나가 연주하던 곡은 어린 나의 영혼을 단숨에 사로잡았다. 며칠을 어깨너머로 지켜보며 이리저리 만지다 보니 나도 어설프게 소리를 낼 수 있게 되었다.

그때부터 시작된 인연으로 기타는 내 평생의 동반자가 되었다. 누나가 켜던 그 서정적인 선율은 삭막했던 우리 집 거실을 잠시나마 아름다운 세상으로 바꾸어 놓곤 했다.

시절은 이어진다. 오늘의 나는 결국 어제의 기억에서 시작되었고, 인연이 만든 나는 또 다른 인연의 숲을 유영하며 살아간다. 밤하늘의 별을 보며 꿈을 잃은 이들에게 그 별을 나눠주고 싶다 노래했던 마음이나, 슬픈 일에 눈물짓는 사람과 가만히 마주 앉아 울어주고 싶다던 다짐은, 사실 유년의 내가 그토록 받고 싶었던 위로였다.

황혼에 접어든 나의 몸과 마음에는 여전히 그 어린 날의 풍경이 고스란히 담겨 있다. 비록 지워버리고 싶은 기억과 돌아가고 싶은 본향이 한데 엉겨 붙어 나를 괴롭힐지라도, 나는 그 혼란조차 아름다움이라 부르기로 했다. 세상에 살아있는 시간 동안 슬픈 일도 기쁜 일도 다 함께 나눌 수 있다면, 우리가 그토록 갈구하던 '아름다운 세상'은 온 누리가 아닌 바로 나의 빈 마음에서부터 시작된 것임을 이제는 알 것 같기 때문이다.

나는 오늘도 내 마음의 공터를 들여다본다. 그리고 그 빈자리에 대구 남산동의 소란함과 큰어머니의 떨리는 미소와 누나가 켜던 기타 소리를 하나둘 채워 넣는다. 그러면 복잡한 거리의 소음조차 어느덧 조용한 선율로 변하고, 나는 다시금 아름다운 세상을 향해 한 걸음을 내디딜 용기를 얻는다. 내 노래가 누군가에게 따뜻한

별 한 조각이 될 수 있다면, 그것으로 나의 긴 방랑은 충분히 보상
받는 셈이다.

노래 듣기

밖엔 지금도 비가 오나요

노을빛으로 내게 다가와
그렇게 저물어 간
가슴 아픈 사랑이 내게만 있었을까?

밖엔 지금도 비가 오나요
이별의 한숨처럼
곁에 있는 듯해도 늘 멀기만 한 그대

늘 가까이 있듯 그렇게 느껴지는
그대의 숨결은 이렇게
내 곁에 함께 있는 듯한데

늘 가까이 있듯 그렇게 느껴지는
그대의 숨결은 이렇게
내 곁에 함께 있는 듯한데

밖엔 지금도 비가 오나요
이별의 한숨처럼
곁에 있는듯해도 늘 멀기만 한 그대

곁에 있는 듯해도 늘 멀기만 한 그대

이별의 한숨 같은 노래

문득 내리는 비가 한숨처럼 느껴지는 날이 있다. 일정하게 떨어지는 빗방울의 리듬이 사라지고, 순식간에 액체가 기체가 되어 하얗게 멜로디로 변해 날아가는 듯한 그런 날 말이다.

처제 현선이가 사고로 세상을 떠나기 전, 나와 아버지는 상상할 수 없을 정도의 원수지간이었다. 무엇이 부자(父子) 사이를 그토록 참혹하게 만들었는지에 대한 가족사는 이 수필의 영역이 아니기에, 그저 그 끔찍한 다큐멘터리의 한 장면을 상상하라고 말할 수밖에 없음을 양해해 주기 바란다. 곱게만 자랐다고 할 수 없지만 나보다는 평화로운 환경에서 자란 아이 엄마는 그 광경에 꽤 큰 충격을 받았다. 아버지가 한밤중에 찾아와 부술 듯 주먹으로 쳐대던 아파트 현관문 소리 탓에 현관문만 봐도 경기를 일으킬 정도였다. 공동주택 화단의 나무가 다 부러져 버릴 정도로 처절한 몸싸움을 벌이는 아버지와 아들을 목격하고는, 사랑만 믿고 결혼한 그 어린 나이의 결정이 얼마나 후회스러웠을지 나는 이제야 미루어 짐작해 본다.

집에 머무는 것 자체가 공포였던 아이 엄마를 데리고 나는 무작정 부산 광안리로 떠났다. 사랑에 빠져 허우적이던 시절부터 우리는 부산을 너무나 좋아했다. 생각해 보면 짝사랑에 몸서리치던 시절 내가 그렇게 절망적으로 찾아가던 부산이, 도망자가 된 내게 다시 희망의 장소가 되었다는 사실은 모순 중의 모순이다.

광안대교가 생길 기미조차 없었던 시절의 광안리는 참 평화롭고 조용한 동네였다. 아침이면 작은 고깃배가 해변에 배를 대고 갓 잡은 생선을 팔기도 했다. 무엇보다 나는 해변 안쪽 도로에 자리 잡았던, 하얗고 조용한 카페 《In》을 좋아했다. 앞마당엔 하얀 돌이 깔려 있고, 실내 의자에 앉으면 내 눈높이에서 바다가 찰랑이던 그 카페. 누가 주인이었는지는 이제 기억나지 않는다. 다만 부산 사람도 아닌 이방인인 내가 문을 열고 들어가 자리를 잡으면, 주인은 반드시 마이클 프랭크스(Michael Franks)의 〈Vivaldi's Song〉을 틀어주었다.

서울로 돌아가고 싶지 않았다. 어린 나이에 결혼을 감행한 그것 자체가 아버지와 집으로부터의 탈출이기도 했기에, 나는 이번

© 이두헌

기회에 진정한 단절을 결심했다. 광안리에 올 때마다 늘 마음에 두었던 바닷가의 삼익비치 아파트로 이사를 하고, 지긋지긋한 가족 관계와 영원히 이별하고 싶었다.

그러나, 그러지 못했다. 반쯤, 아니 어쩌면 영원히 끊어져야 했을 인연에 원치 않던 평화가 다시 찾아온 것은 역설적으로 또 다른 불행 때문이었다. 다시 아버지를 마주하게 된 곳은 현선이의 빈소였다. 죽음은 이렇게 아무렇지도 않게 산 사람에게 화해를 권유한다. 누군가는 세상을 떠나고, 남은 사람은 그 죽음을 제물 삼아 화해한다는 것이 얼마나 흉악한 거래인지, 나는 그때 뼈저리게 알았다. '차라리 현선이가 죽지 말고 이 단절이 영원했더라면'이라고 나는 속으로 수없이 되뇌었다.

당시 최고의 인기를 누리던 최성수 형과 나는 가족과도 같았다. 내가 살던 오금동과 형이 살던 방이동은 차로 5분도 채 안 걸리는 거리였고, 나는 고급 음향 장비가 가득했던 형의 집에서 많은 시간을 보냈다. 최신 레이저디스크에 담긴 콘서트 영상은 늘 감동이었고, 나이트클럽 밤일이 끝나고 집으로 돌아온 형과 날이 새도록 나누던 음악 이야기는 끝이 없었다. 누구인들 현선이를 아끼지 않았으랴마는, 성수 형도 참 살갑게 그녀를 아꼈다. 이 노래는 그녀가 세상을 떠난 후 어느 가을날, 무심히 내리는 비를 바라보며 만든 노래다. 형이 부르기로 한 이 노래를 일본의 편곡자에게 맡겼고, 현악 오케스트라가 비극적인 전주를 연주하는 슬프고도 슬픈 음악이 완성되었다.

이별의 한숨 같은 노래. 곁에 있는 듯해도 늘 멀기만 한 그대.

당신이 있는 그곳에 지금 혹시 비가 오나요?

노래 듣기

서울은

서울은 꿈을 잃어버린 사람들이
온종일 잃어버린 꿈을 찾아 헤매이는 곳

우울한 시간들이 모여 하루가 가면
거리엔 잿빛 혼돈만이 가득한 곳

사람들의 마음 깊은 곳에
감추어진 욕망들이
깨어보면 모두 간 곳 없고
다가서는 힘든 하루

하지만 아무것도 찾을 수 없는
서글픈 도시
저녁 찬거리에 팔아버린 자존심이 울먹이는 곳

높아만 가는 빌딩 사라져 가는 아름다움들
안타까워 부르다 뒤돌아서 그리워지는
서글픈 이름 서울은

‘서울’이라는
차가운 방공호

서울을 고향이라고 말하는 일은 언제나 어색하다. 우리가 관념적으로 그리는 ‘고향’이라는 단어의 따스한 온도와 서정적인 정취를 생각하면 서울은 지나치게 매끄럽고 이질적이다. 옛이야기가 낮은 실개천을 타고 지절대지도, 얼룩빼기 황소가 느릿한 음매 소리를 내뱉지도 않는 이 철근과 콘크리트의 숲을 나의 본향이라 부르기엔, 마음 한구석이 늘 어정쩡한 공터처럼 남는다.

사실 음악가로서 나의 인생도 그 어정쩡함의 연속이었다. 모든 것이 얼떨결에 일어난 사건이었고, 예고 없이 등 떠밀린 무대였다. KBS《젊음의 행진》오디션에 어쩌다 합격해 텔레비전에 얼굴을 비쳤고, 천신만고 끝에 통과한 음반사 오디션은 나를 프로의 세계로 밀어 넣었다. 첫 음반의 예상치 못한 성공은 축복이자 동시에 저주였다. 나는 대학생도 음악가도 아니면서, 동시에 음악가이자 대학생이어야 했다. 음반까지 낸 프로이면서도 늘 아마추어라는 꼬리표가 따라붙는 어정쩡한 경계 위에서, 나는 스물다섯의 어린 나이에 첫 결혼을 감행했다.

결혼에 횟수의 숫자를 매기는 일이 죄수복에 새겨진 수인 번호처럼 치욕스럽던 시절, 나는 그 흔한 연예 잡지와 인터뷰 한 줄 없이, 이혼 이후 스스로 변명의 여지를 지워버린 채 침묵하는 죄인이 되기로 했다.

그녀의 집안은 부유했고, 장인어른은 대쪽같이 완고한 정형외과 의사셨다. 처음엔 이 무모한 예술가 사위를 적극적으로 반대하셨지만, 막상 마음을 여신 후엔 나를 무던히도 아껴주셨다. 14년의 결혼 생활 동안 어르신이 내게 보여주신 진심 어린 애정은 필설로 다하기 어렵다. 지금도 생생한 그날, 벌벌 떨리는 다리를 간신히 지탱하며 고개를 조아려 "따님과의 결혼을 허락해 주십시오."라고 읍소하던 그 긴장의 공기는 여전히 내 기억 속에 선명한 박제로 남아있다.

결국 허락을 얻어냈으나, 거기엔 아주 사소하고도 치명적인 조건 하나가 걸려 있었다. "음악은 하지 마라."

그까짓 음악.

어차피 대단히 잘하지도 못하는 재능인데, 인생에서 도려낸들

신장 한쪽이나 맹장쯤 떼어내는 일과 무엇이 다르겠냐고, 나는 오만하게도 생각했었다. 때는 마침, 녹음을 마쳤던 〈이층에서 본 거리〉가 대중의 귓가를 파고들며 "이두헌 음악 제법이네!"라는 찬사가 스멀스멀 피어오르던 때였다. 머릿속에 범람하는 선율을 음반으로 빚어내고 싶었으나, 음악을 포기하고 사랑을 취하기로 한 나의 의지는 불굴의 그것이었다. 나는 소속사의 집요한 압박을 꿋꿋이 물리치고, 단 한 장의 음반으로 나의 계약을 서둘러 매듭지었다.

훗날 소속사 사장님이 테스트용으로 대충 불러보라 했던 옛 노래들이 '베스트'라는 타이틀을 달고 시장에 나왔을 때, 나는 형언할 수 없는 역겨움을 느꼈다. 지금도 내게 가장 듣기 힘든 고통스러운 음반은, 내 의지와 상관없이 다시 녹음된《다섯손가락 베스트》앨범이다.

어쨌든 계약은 종료되었고, 나는 음악으로부터 '법적인 자유'를 얻었다. 히트곡 몇 개를 가졌을 뿐, 계약금은 고작 용돈 수준이었고 음반 판매량에 따른 인세 따위는 내 손에 닿지 않았다. 저작권협회조차 걸음마 단계였던 시기라, 저작권 수입도 변변치 않았던 나는 허락받은 약혼자라는 화려한 껍데기를 쓴 백수에 불과했다.

음악이 그리워질까 봐 악기 소리조차 멀리하던 시절, 나는 우연히 '영어학원'이라는 기묘한 도피처를 발견했다. 그리고 그곳에서 나처럼 현실이라는 전쟁터에서 탈영한 세 명의 도망자를 만났다. 서울대를 나오고도 갈 곳을 잃어 흘러온 형, 도망자 주제에 귀티가 흐르던 잘생긴 막내, 그리고 나와 동갑내기인 매사 진지한 마산 청년.

우리 넷은 마치 공습경보를 피해 지하 방공호로 숨어든 피란민 같았다. 매일 학원에서 나눠주는 영어 유인물을 구조 신호처럼 손에 쥐고, 보이지 않는 구조대를 기다리며 앉아 있었다. 경보가 해제된 후 유인물을 펼쳐 보니, 그것은 토플(TOEFL) 문제였다. 그 와중에 나는 결혼식을 올렸고, 직업도 없는 스물다섯의 신랑이라는 위태로운 신분을 갖게 되었다.

방공호의 맏형은 유인물을 파고들더니 진짜로 뉴욕으로 대피소 주소를 옮겼고, 귀티 막내도 미련 없이 미국으로 떠났다. 남은 것은 한국 이름을 쓰지 못하던 그 학원에서 '밥(Bob)'이라 불리던 마산 청년과 검열을 피해 '블루스(Blues)'라는 가명을 쓰던 나뿐이었다.

마산 청년 '밥'은 유공을 거쳐 고려증권에 입사했다. 대피소에서 살아남은 유일한 전우였기에 우리의 유대감은 각별했다. 오죽하면 나의 신혼집 방 한 칸을 기꺼이 내어줄 정도였을까. 그가 퇴근할 때까지 음악을 철저히 유배시킨 채 그를 기다리는 것이 내 일상의 전부였다. 그러던 어느 장마철의 여름날, 유난히 귀가가 늦는 그를 기다리다 못해 먼지 쌓인 악기를 만지작거리려던 찰나, 그가 물에 빠진 생쥐 꼴을 하고 나타났다.

상습 침수 구역이던 지하철 2호선 성내역이 물에 잠기는 바람에, 그는 서류 가방을 소총처럼 머리 위로 치켜들고 오금동 집까지 몇 시간을 빗속을 뚫고 걸어온 것이었다. 다음 날 아침, 평소 사투리가 심했던 그가 생경할 정도로 정확한 표준어 발음으로 비장하게 입을 뗐다.

"블루스, 나 서울에 멀미가 납니다. 이제 고향으로 돌아가렵니다."

이 무슨 느닷없는 이별의 선언인가. 빗물에 젖어버린 청춘의 어느 날, 사투리를 지워버린 채 건넨 그 말에 나는 가슴이 먹먹해져 아무 대답도 할 수 없었다. 며칠 뒤, 그는 정말로 남들이 부러워하던 직장을 그만두었다. "그 자리, 내가 대신 가면 안 되겠냐?"라는 농담 섞인 진심은 차마 입 밖으로 나오지 못했다.

그가 서울이라는 거대한 방공호를 빠져나가 마산이라는 대륙으로 회귀하던 날, 나는 그를 따라 고속버스터미널로 향했다. 지상 1층이 아닌 곳에서 버스가 출발하던 그 시절, 차창 너머의 그에게 나는 부러 우스갯소리를 던졌다. "잘 가라. 다시는 남의 신혼집에 돌아오지 말고." 그러나 떠나는 버스의 매연 섞인 꽁무니를 바라보며, 나는 참았던 울음을 터뜨리고 말았다. 여자를 떠나보낼 때도 울지 않던 내가, 길을 잃은 한 남자의 뒷모습을 보며 아이처럼 울었다.

마산 청년이 본향으로 떠나던 그 영구차 같은 고속버스를 지켜보며, 나는 비로소 마음에 잠가두었던 음악의 자물쇠를 거칠게

풀어헤쳤다. 그리고 이 노래를 썼다.

세월이 흘러 유학을 감행한 나 또한, 뉴저지에 안착한 그의 신혼집 방 한 칸에 신세를 진 후 보스턴으로 떠났다. 1993년 이후, 그는 다시는 서울에 살지 않았다. 멀미약 성능이 비약적으로 좋아진 시대가 왔음에도 불구하고 말이다.

이 노래는 그와 나, 그리고 '서울'이라는 차가운 방공호에서 잠시 함께 숨을 죽였던 모든 도망자를 위한 진혼곡이다. 동시에, 이 노래는 내가 음악을 다시 시작하기로 결심하며 써 내려간, 가장 정확하고도 처절한 첫 문장이기도 했다.

그 문장의 시작이 하필 '서울'이라니 여전히 싫다. 서울은….

지금 나는 결코 서울에 살지 않는다.

노래 듣기

낙엽이 지려고

낙엽이 지려고 저렇게 바람은 부는 거야
초라한 가지가 거친 바람에 흔들리는데

이내 서러움을 모아 태우면
쓸쓸한 냄새가 날까?
이내 서러움을 모아 태우면
쓸쓸한 냄새가 날까?

낙엽이 지려고 저렇게 바람은 부는 거야
초라한 가지가 거친 바람에 흔들리는데

어느 이른 새벽바람에 지친 나뭇잎이 지는 건
그대 서러움이 깊은 까닭에

어느 이른 새벽바람에 지친 나뭇잎이 지는 건
이내 서러움도 깊은 까닭에

바람이 거세게 부는 날

내겐 잊지 못할 냄새가 있다. 어느 순간 감각의 심연에 깊숙이 박혀 절대 빠지지 않는 단 하나의 향기를 꼽으라면, 그것은 늦가을 낙엽을 태우는 냄새다. 어린 시절 가을이 깊어지면, 예고 없이 내 가슴팍을 파고들어 마음을 휘젓던 그 고유한 향기.

엄청난 양의 낙엽을 쌓아놓고 태우지 않아도 좋았다. 그저 모닥불 피우듯 노쇠한 잎새를 한데 긁어모아 성냥불 하나를 그으면, 주변의 공기와 풍경, 그리고 어린 나의 영혼까지도 그 향기 속으로 아득하게 빨려 들어가는 듯한 기분이 들었다. 서둘러 찾아온 늦가을의 냉기를 피하려 어른들이 불가에 빙 둘러 모이는 모습이 골목마다 흔했던 시절이었다. 붉은 불꽃이 보고 싶어 동네 아저씨의

옆구리를 파고들면, 허허 웃으며 어린 나를 목말 태워주던 젊은 삼촌도 이제는 여든 살의 노인이 되었다. 시간은 그렇게 낙엽이 타는 연기처럼 소리 없이 흩어졌다.

요즘 대세인 AI에 왜 낙엽이 지느냐고 물어보면, 녀석은 이렇게 대답한다.

'식물은 계절 신호를 감지해 엽록소를 분해하고, 영양분을 회수한 뒤, 이탈층(abscission layer)을 만들어 스스로 잎을 떨어뜨린다.'

이젠 이런 무미건조한 답변이 그다지 차갑게 느껴지지 않는다. 세상을 바라보는 시각이 기계처럼 정밀한 것이 오히려 명료해서 좋아지는 나를 발견하는 것이 낯설지도 않다. 낙엽은 '죽음'이라는 비극적 종말이 아니라, 생존을 위한 자발적이고도 전략적인 종료라는 과학의 시각은 신비롭기까지 하다. '전략적인 종료'. 인간에게도 과연 이런 종료가 가능할까? 만약 허락된다면, 나는 나를 위해 어떤 이탈층을 준비해야 할까?

몇 년에 한 번 대구에서 할아버지가 서울에 오시면, 나를 데리고 종묘에 가곤 하셨다. 말이 없으신 할아버지는 손재주가 유난히 남다르셨다. 늘 지니고 다니시던 접이식 주머니칼로 바닥에 떨어진 튼실한 나뭇가지를 골라 다듬어서는, 내게 새총을 만들어 주셨다. 말없이 건네주던 세상에 하나밖에 없는 새총이 얼마나 좋았던지, 하도 만져서 반질반질하게 길이 들었던 그 나무의 촉감을 나는 여전히 기억한다. 신문의 절반 이상이 한자로 가득하던 시절, 나를 옆에 앉혀놓고 한 글자 한 글자 공들여 가르치시던 기억도, 어느 날 내가 더듬더듬 그 한자들을 할아버지께 읽어드릴 때 번지던 노인의 잔잔한 미소도 어제 일처럼 생생하다.

할아버지라는 이름의 커다란 나무도 결국 스스로 이탈층을 만들어 잎을 떨구고 생과 작별하려 했다. 거친 숨을 몰아쉬면서도 내 손을 꼭 잡아주시던 그 마지막 악력(握力)의 순간을 기억한다. 그렇게 할아버지와 아버지, 그리고 아버지의 형제 모두는 각자의 시간을 살다가 낙엽이 되었다.

바람이 거세게 부는 날은 낙엽의 동반자살, 혹은 집단 학살을 목격하는 듯한 착각에 빠지기도 한다. 낙엽을 지게 하려고 바람이 부는 것인지, 아니면 바람의 책임을 전가하려고 낙엽이 때맞춰지는 것인지 나는 여전히 알지 못한다. 다만 바람이 부는 날이면 나의 서러움도 그 잎새들의 무게만큼이나 깊어질 뿐이다.

하지만 어느덧 삶과의 이탈이 그다지 두렵지 않은 나이가 되어가는 이즈음, 차가운 바람이 잎새에 스치는 소리가 오히려 서늘하고 상쾌하게 들려 "아! 좋다."라고 말하는 나를 자주 만난다. 그것은 아마도 나 역시 자신의 무게를 덜어낼 전략적 종료의 시간을 조금씩 준비하고 있기 때문일 것이다.

오늘 창밖을 구르는 낙엽이 당신을 유난히 외롭게 만든다면, 부디 이 바람을 기억해 주길. 그대의 서러움과 나의 서러움이, 같은 방향으로 부는 바람의 끝자락에서 만나기를 간절히 바란다.

노래 듣기

어느 가을 문득

어느 가을 문득 잊혀진
사람에게 받은 편지
지는 노을 넘어 흐르던
우체부의 지친 모습 위로

회색빛 하늘에선
바람이 불어오고
금세라도 비가 올 것만 같은
우울한 날씨

쓸쓸한 빗방울이
온몸을 적셔올 때
사랑은 낯선 우체국 계단에
흐느끼는데

어느 가을 문득 찾아온
낯선 소인 찍힌 편지
지는 노을 넘어 흐르던
그리운 사람의 얼굴

편지를 쓰는 사람

유난히 편지를 자주 썼다. 여행이라는 게 지금처럼 가벼운 마음으로 클릭 몇 번이면 떠날 수 있는 일이 아니던 시절, 방학이 되거나 사소한 핑계라도 생기면 나는 늘 어디론가 떠났다. 이유는 단 하나, 내가 발 딛고 서 있는 그곳에 머무는 것이 견디기 힘들었기 때문이었다. 그리고 편지를 썼다. 내가 고를 수 있는 가장 간절한 어휘들을 모아 이유 없이 써 내려갔다.

내 편지를 받을 사람이 누구인지는 미리 생각하지 않았다. 뜻도 없이 편지를 쓴 이유는 바로 이 '이유 없음'이라는 강력한 이유 때문이었다.

지금 생각하면 그때의 나는 과연 누가 읽기나 했을까? 싶을 정도로, 때와 장소를 가리지 않고 수없이 편지를 써댔다. 당시 내게 편지를 '쓰는 일'은 누군가 읽어주기를 바라는 기대조차 거세된 일종의 종교적 의식이었다. 타인과 소통한다는 감각을 떠올릴 때 가장 먼저 손에 잡히는 것이 내겐 편지였을 뿐, 즉각적이고 휘발적인 전화에서 들려오는 목소리는 그저 싫었다.

봉투가 없는 엽서는 아무나 볼 수 있지만, 누구나 가진 나체 같아서 늘 투명한 거짓으로 가득했다. 하지만 봉투라는 든든한 외투를 걸친 편지는 달랐다. 가끔 편지의 수신인이 아닌 타인이 개봉하는 잔혹한 만행을 겪기도 하지만, 나는 그 학살자조차 봉투를 찢어 여는 그 순간만큼은 한 생애의 비밀을 마주하는 경건함을 느꼈으리라 믿는다.

나는 우표 위에 꾹 눌러 찍힌 '소인'을 참 좋아했다. 누군가 온 힘을 다해 눌렀을 그 압력을 나는 사랑했다. 짧은 암호처럼 새겨진 시간과 공간의 흔적을 따라 나의 영혼도 우체국 소인의 동심원을 타고 떠다니곤 했다. 편지를 받으면 대부분 으레 보낸 사람의 이름부터 확인하기 마련이지만, 나는 언제나 소인을 먼저 확인했다. 이 마음은 대체 어디에서 출발해 내게 온 것일까. 누군가 한참을 망설인 끝에 빨간 우체통의 좁은 입구 속으로 밀어 넣었을 그 마음의 무게는 대체 몇 그램이나 되었을까.

노래가 조금 알려진 후, 나는 편지를 쓰는 사람이 아니라 주로 받는 사람이 되었다. 하루가 멀다고 편지가 날아들던 시절을 기억한다. 우체부가 꽤 묵직한 가죽 가방을 어깨에 메고 골목을 누비던 시절, 놀랍게도 아저씨는 수많은 우편물 속에서 척척 내 편지를 한 번에 꺼내어 주었다. 어떤 날은 고무줄에 묶인 채 한 다발의 편지가 뭉텅이로 배달되기도 했다. 나는 단 한 글자도 놓치지 않고 그 모든 마음을 읽었다.

누군가를 무엇 때문에 좋아한다는 구구절절한 이유는 사실 전혀 중요하지 않다. 마음을 종이 위에 쏟아내고, 그것을 접어 좁은 봉투 속에 정갈히 넣는다는 그 행위 자체가 이미 숭고함이기 때문이다. 여행길에 우체국을 만나는 일은 내게 늘 죄를 사면받는 성소를 만나는 것과 같았다. 세상의 모든 곳이 내게 죄를 물을 때, 오직 우체국만은 그 모든 허물을 덮어주고 사해줄 것만 같은 기묘한 해방감.

낡고 검은 자전거의 페달을 힘차게 밟으며 그 은밀하고 따뜻한 편지라는 물건을 배달하러 떠나는 우체부의 뒷모습은 차라리 경건한 수행자 같았다. 누군가 건네받은 편지를 읽으며 순식간에 마른 종이 위로 눈물이 툭 떨어지고, 혹은 수줍은 미소가 번지는 광경은 그 자체로 거대한 하늘이 열리고 닫히는 우주적인 장면이다.

늦가을 어느 날, 문득 찾아온 낯선 소인의 편지를 들고 서 있을 때면, 지는 노을 너머로 그리운 사람의 얼굴이 일렁였다. 회색빛 하늘에서 바람이 불어오고 곧 비가 올 것 같은 우울한 날씨 속에서도, 나는 그 소인의 흔적을 손끝으로 느끼며 우체국 계단에 앉아 있었다.

그래, 나는 자주 편지를 썼다.

그것이 그때의 정직한 나였으므로.

노래 듣기

마중 그리고 배웅

네가 드디어 이 세상에 오던 날
나는 설레는 마음으로 널 마중 나갔지

하얀 이불 사이로 내민 너의 작은 손
나는 흐르는 내 눈물을 감출 수 없었지

너는 나에겐 하늘이 내게 준 가장 귀한 선물
영원한 나의 친구

하루가 다르게 너는 자라고 있지
네가 커가는 그만큼 나도 자라고 있어

이 세상 누구도 가르쳐줄 수 없는
가장 귀한 깨달음을 넌 네게 주었지

너는 나에겐 하늘이 내게 준 가장 귀한 선물
영원한 나의 친구

세월이 흘러 나를 배웅하는 날엔
너무 슬피 울지 않기를

너도 이제 곧 가슴 벅차게
누군가를 마중하게 될 테니

세상이 널 힘들게 할 때는
한번 생각해 보렴
우리가 지내온 많은 날들을
그리고 기억해 주렴
너에게 기쁨이 되고 싶었던 나를

언제나 네 곁에 살아 숨 쉬는

© 이두헌

'진짜' 인디언 서머

그날은 기적 같은 '인디언 서머(Indian Summer)'였다.

보스턴의 겨울은 혹독하기로 악명이 높았다. 음악의 본질을 파고들겠다며 결연하게 미국 땅을 밟았으나, 사실 내 안은 정체 모를 두려움으로 가득 차 있었다. 뉴욕 공항에 내려 곧장 보스턴으로 향하지 못한 채, 나보다 먼저 뉴저지에 둥지를 튼 내 노래 '서울은'의 주인공 박종후의 집에서 며칠을 머물렀다. 햄버거 매장에서 "Here or To go?"라는 간단한 질문조차 알아듣지 못해, "To go." 라고 답해놓고는 자리에 앉아 꾸역꾸역 햄버거를 먹던 일은 그저 시작에 불과했다.

보스턴에 도착한 다음 날 아침부터 명확해진 험난한 생활. 간

밤의 폭설로 출입문이 열리지 않았다. 1층 아파트 문을 가로막은 눈더미를 관리인이 치워준 후에야 간신히 세상 밖으로 나올 수 있었다. 물 한 병을 사러 나서는 길조차 허벅지까지 차오르는 눈을 헤쳐야 했던 보스턴의 첫 신고식. 도시는 내게 속삭이는 듯했다. "이곳에서의 삶은 절대 녹록지 않을 거야."

90년대 초반, 나는 편곡자이자 프로듀서로서 이른바 '전성기'를 구가하고 있었다. 벌이는 월등했고, '바쁘다'라는 말을 훈장처럼 달고 살았지만, 스물일곱 어린 나이에 남의 음악을 빚어주는 제작자로 살아간다는 것은 가슴 한구석에 지워지지 않는 서글픔을 남겼다. 결혼 생활도 우리 둘만 행복하면 충분할 줄 알았으나 현실은 잔인했다. 시댁과의 갈등, 처제의 갑작스러운 죽음, 불확실한 미래가 주는 초조함은 내가 꿈꾸던 평화를 송두리째 앗아갔다. 유학은 일종의 '도피'였다. 1년 정도 머물며 경험만 쌓고 돌아오면 모든 것이 제자리를 찾을 줄 알았으나, 그 도피는 6년이라는 긴 세월로 이어졌다.

1997년 2월 18일. 폭설과 혹한의 도시 보스턴에 거짓말처럼 봄의 온기가 내려앉았다. 영상 18도까지 치솟은 기온 덕에 도시 전체가 생명력으로 일렁이던 그 눈부신 날, 나의 첫째 아들 주화가 세상에 왔다. 아이 엄마는 열 시간 넘게 고통 속에 자연분만을 시도했지만 결국 제왕절개를 선택해야 했다. 첫울음과 함께 세상에 당도한 아이의 탯줄을 내 손으로 잘랐다. 가슴에 온기 가득한 아이를 안았을 때 하얀 이불에 싸여 게슴츠레 눈을 뜬 채 나를 응시하던 아들의 첫 눈빛을 영원히 잊을 수 없다. 그렇게 나는 아들을 인생의 첫 손님으로 마중했다.

나는 주화와 유독 각별했다. 어린 시절 아버지에게 대놓고 사랑받지 못했다는 피해의식, 그리고 공포의 대상이었던 아버지에 대한 반감을 나는 내 아들을 향한 친절함과 사랑으로 치환했다. 내가 받지 못한 것을 아들에게 쏟아붓는 과정에서, 나는 비로소 내 안의 상처받은 어린 소년과 화해하고 있었다.

아들은 나의 거울이자 스승이었다. 하루가 다르게 자라는 그를 보며, 나 또한 비로소 '어른'으로 자라나고 있었다. 세상 그 어떤 음악적 성취도 가르쳐주지 못한 '조건 없는 헌신'과 '생의 경의'를 아들은 존재 자체로 내게 증명해 보였다. 우리가 함께 보스턴의 공원을 걷고, 서툰 발음으로 서로의 이름을 부르던 그 모든 시간은 내 인생에서 가장 고요하고도 뜨거웠던 '진짜' 인디언 서머였다. 언젠가 사랑하는 이에게 미리 유언을 남기는 다큐멘터리의 장면을 본 날, 나도 주화에게 짧은 유언을 미리 쓰기로 했다.

이제 세월이 흘러, 나는 문득 네가 나를 떠나보내야 할 '배웅'의 날을 그려본다. 언젠가 나의 숨이 가빠지고, 네가 나를 하얀 이불 대신 차가운 수의(壽衣)에 눕혀야 하는 그날이 오면, 아들아, 너무 슬피 울지는 말아라. 나의 죽음은 사라지는 것이 아니라, 너라는 나무가 더 아름답게 자라기 위해 스스로 떨어진 한 잎의 낙엽

일 뿐이니까. 네가 나의 마지막 손을 잡고 나를 저세상으로 배웅하
는 그 순간, 나는 슬픔이 아닌 안도감을 느끼며 눈을 감을 것이다.
내가 너를 마중하던 날의 그 벅찬 환희를, 너는 나를 배웅하며 비
로소 삶의 마지막 퍼즐로 완성하게 될 것이기에.

그리고 나를 배웅하는 의식이 끝난 자리에서, 너는 다시 너만
의 '마중'을 시작할 것이다. 내가 너를 안아 올렸던 것처럼, 너 또
한 네 품에 안길 작은 생명을 향해 가슴 벅찬 마중을 나가는 날이
올 테지. 네가 마주할 그 아이의 눈동자 속에서 너는 나의 흔적을
발견할 것이고, 그때야 비로소 깨닫게 될 것이다. 우리가 지내온
수많은 날이 사라지지 않고, 마중과 배웅이라는 이름의 거대한 강
물이 되어 조용히 흐르고 있다는 사실을.

혹여 세상이 너를 힘들게 하거든 기억해주렴. 너를 마중하던
날 보스턴의 그 따뜻했던 바람을, 그리고 언제나 네 곁에서 보이지
않는 숨결로 살아 숨 쉴 나를. 나의 배웅은 곧 너의 새로운 마중으
로 이어지는 길목이며, 그 순환 속에서 우리의 사랑은 영원히 그날
그 '인디언 서머'처럼 온기 속에 머물러 있을 테니.

노래 듣기

선택

넌 울고 있었지
그 비에 젖은 채
흐느끼고 있었어
그를 만난 걸 후회한다는
같은 말만 되풀이하며

그를 사랑한다는 너의 선택이
잘못이 아니기를 기도했었어
그저 멀리서 너의 행복을 빌며

힘들었는지 야윈 네 얼굴
조금씩 무너지는 너를 보며
난 그 무엇조차도 네게 해줄 수 없었어

다시 내게 돌아온다면
힘겨운 날들 잊게 해줄 수 있어
나의 손을 잡아 줘 늦기 전에 다시
싸늘하게 식은 너의 손 가슴에 안고
슬픈 눈물 흘려도
넌 이미 돌아 올 수 없는 선택을...

사랑의 실패가 죽음과
닮아 있는 이유

사랑은 종종 예보에 없던 악천후처럼 찾아온다. 예상치 못한 비와 바람은 한 사람을 속수무책으로 흔들고, 적시고, 그 축축한 무게를 견디지 못한 마음은 이내 절망에 빠지기 시작한다. 너는 그날, 비에 젖은 채 내 앞에서 울고 있었다. 그를 만난 것을 후회한다는 말, 다시는 돌아가고 싶지 않다는 말. 입술 밖으로 토해내는 문장은 파편이 되어 사방으로 튀었지만, 정작 네 눈동자 속에 고인 습기는 여전히 그를 향한 미련으로 가득했다. 나는 그런 너를 보며 기도했다. 너의 선택이 잘못이 아니기를, 네가 던진 그 마음의 주사위가 결국은 행복이라는 칸에 멈추기를. 하지만 그 기도는 사실 나의 위선이었다. 멀리서 너의 행복을 빈다는 그럴싸한 문장 뒤에 숨어,

나는 아주 조금씩 네가 무너지기를 바라는 동시에 내게로 돌아올 틈을 엿보고 있었는지도 모른다.

이러한 무력감 속에서 상상은 인간이 가진 가장 비겁하고도 강력한 무기가 되어준다. 현실에서 불가능한 모든 부도덕한 것들을 머릿속에서는 단숨에 이뤄낼 수 있기 때문이다. 작가들이 펜 끝으로 누군가를 죽이고 살리듯, 상상은 어떤 잔인한 일도 가능하게 한다. 데스노트에 이름만 적어도 미워하는 이가 피를 토하며 죽어가는 광경을 그릴 수 있고, 도저히 내 사람이 될 것 같지 않은 완벽한 이성이 단숨에 나에게 매료되는 기적을 설계할 수도 있다. 사랑을 잃은 자들에게 상상은 독이 든 성배와 같다. "나보다 좋은 사람 만나 행복해."라는 선한 거짓말을 내뱉으며 속으로는 좋은 사람의 부재를 갈구하는 마음. 혹은 "복수는 나의 힘."이라 외치며 네가 나 없는 세상에서 끝없이 불행하기를 바라는 강렬한 증오. 우리는 그 사이 어디쯤에서 상상의 나래를 펴며 스스로를 위로하거나 고립시킨다.

나는 야윈 너의 얼굴을 보며 생각했다. 나의 상상 속에서 너는 이미 수백 번도 더 그를 떠나 내 품으로 돌아왔고, 나는 네 힘겨운 날들을 잊게 해주는 구원자가 되어 있었다.

하지만 현실의 '선택'은 상상만큼 너그럽지 않다. 특히 우리는 종종 스스로 삶의 불을 끄는 행위를 두고 '극단적 선택'이라 부르곤 하는데, 나는 이 표현이 늘 마뜩잖았다. 인간만이 유일하게 자신의 삶을 스스로 정지시킬 권한을 가졌다고 하지만, 그 행위 앞에 '극단'이라는 수식어를 붙여 포장하는 것이 과연 온당한가. 그것은 선택이라기보다는, 더 이상 선택할 수 있는 선택지가 존재하지 않을 때 마주하는 벼랑 끝의 등 떠밀림에 가깝기 때문이다. 삶을 미화하기 위해 죽음 앞에 붙인 그 단어는, 남겨진 자들이 죄책감을 덜기 위해 만든 방어 기제일지도 모른다.

조금씩 무너지던 너를 보며 내가 할 수 있는 건 아무것도 없었다. "다시 내게 돌아온다면 모든 걸 잊게 해줄게."라는 나의 호언장담은 결국 너의 절망에 닿지 못한 공허한 메아리였다.

나의 손을 잡으라며 늦기 전에 돌아오라고 애원했지만, 너의 손은 이미 싸늘하게 식어 있었다. 내가 그토록 잡아주고 싶었던 그 손은 이제 온기를 잃은 채 내 가슴에 안겼다. '돌아올 수 없는 선택'을 해버린 너를 보며, 내가 빌었던 너의 행복이, 내가 내밀었던 손길이 너에게는 또 다른 폭력적인 선택지였을지도 모른다는 것에 나는 무너지고 말았다.

사랑의 실패가 죽음과 닮아 있는 이유는, 둘 다 '되돌릴 수 없음'을 전제로 하기 때문이다. 상상은 우리를 잠시나마 전지전능하게 만들지만, 현실의 선택은 차갑고도 단호하다. 이제 내 가슴 속에는 네가 남긴 싸늘한 온도만이 남았다. 슬픈 눈물을 흘려보아도 이미 늦어버린 시간 앞에서, 무언가를 선택한다는 것은 그 외의 모든 가능성을 죽이는 일이라는 사실을 네가 남긴 마지막 온기를 통해 나는 알았다.

　우리는 매 순간 선택하며 살아가지만, 그 선택이 가닿을 종착역이 어디인지는 누구도 알지 못한다. 그저 젖은 옷조차 말리지 못한 채 차가운 손을 맞잡고 통곡할 뿐. 삶은 때로 그 잔인한 마침표 외에 아무것도 허락하지 않는다.

　그러니 그대 아무것도 선택하지 말 것. 고통을 묶어두는 선택조차도….

노래 듣기

한대수

그의 노래는 강물처럼
깊이를 알 수 없지
흘러 흘러가는 곳이
어딘지 도무지 알 수가 없네

그의 노래는 바람처럼
시작을 알 수 없지
불어 불어 가는 끝이
어딘지 도무지 알 수가 없네

그의 노랜 자유의 소리
깊은 잠을 깨우는
가슴속에 가둘 수 없는
열정을 그는 노래하네

아! 나에게 처음으로
노래를 사랑하게 한 그는
내 맘속 깊은 곳에
언제나 함께하겠지

내 음악의 자양분

어린 시절, 나의 세계는 영등포구 신길동의 좁고 활기찬 골목에서 시작되었다. 동대문구 용두동의 사글셋방에서 울음을 터뜨리며 태어났지만, 나의 실질적인 유년의 무대는 신길동 시장통이었다. 부모님은 시장 귀퉁이에서 삶을 일구셨고, 나는 가게 한편, 연탄 구들장의 눅눅한 온기 속에서 잠들곤 했다.

나를 유난히 귀여워하던 건어물 가게 아주머니가 슬쩍 쥐여주던 마른 멸치의 짭조름한 맛은, 수십 년이 지난 지금도 혀끝에 선명하게 살아있다. 어른용 이발 의자 위에 기다란 나무판을 가로질러 높게 만든 어린이 좌석에 앉아 내 머리카락을 잘라내던 이발소도 그 시장통에 있었다. 누군가 머리에 손만 대면 스르르 잠이

드는 버릇 탓에, 이발을 마친 나를 이발소 아저씨가 포대기처럼 안아 아버지 가게로 '배달'해 주던 풍경은 그 시절의 일상적인 모습이었다.

생닭을 단숨에 잡아내던 닭집의 비릿한 피 냄새, 갓 짠 기름의 고소한 향기가 진동하던 기름집, 그리고 미제 물건을 팔던 아주머니가 건네주던 알록달록한 드롭스 사탕의 달콤함까지. 노년의 문턱에 들어선 내가 여전히 기억하는 것은 이토록 생생한 공감각의 조각이다. 혼자 걸어서 등교하는 길은 내게는 매일 천국을 거니는 산책이었다. 시장을 가로질러 좁은 골목으로 접어들면 간밤엔 젓가락 장단이 요란하던 색싯집 누나의 화려한 속옷이 나풀거리던 집들이 다닥다닥 붙어 있었고, 기침 한 번에도 달려갔던 정소아과와 호심당 약국, 그리고 언젠가 불이 났을 때 동네 아주머니의 긴박한 탈출 덕에 내게 예기치 않은 '최초의 누드'를 선사했던 동네 목욕탕을 지났다.

나는 그 혼자만의 등굣길이 좋았다. 친구가 없어서가 아니라, 일부러 골목을 에둘러 돌아가며 친구와 마주치지 않고 학교 정문에 당도하는 나만의 비법을 익혀가던 중이었다. 그러는 사이 아버지의 사업은 눈부시게 번창했다. 시장통을 벗어나 이층집을 사들이더니 1층 전체를 어묵 공장으로 탈바꿈시켰다. 나는 일약 신길동의 부잣집 아들이 되었다. 밤낮없이 돌아가는 공장은 일하는 형들로 가득 찼고, 2층 방은 순식간에 합숙소로 변해 대가족이 복작

거리는 집이 되었다.

형들이 일터로 내려간 빈방에 몰래 숨어들면, 거기엔 늘 낡은 통기타가 누워 있었다. 장판을 오려 만든 조잡한 피크가 줄 사이에 끼워져 있던 풍경. 여기저기 널브러진 만화책과 헐벗은 여인이 가득한 잡지, 독한 담배꽁초의 찌든 내와 퀴퀴한 사내의 냄새. 기억의 유효기간은 과연 언제까지일까?

열 살 무렵이었다. 우신극장 옆, 이름조차 가물거리는 소리사(音響社) 앞 스피커에서 흘러나오던 한 사내의 목소리를 처음 들었다. 기괴할 정도로 거칠고 낯선 목소리, 그 위로 얹어지는 통기타의 금속성 음향과 하모니카의 비명. 나는 자석에 이끌린 듯 스피커 앞에서 발을 뗄 수 없었다. 그것은 나를 음악이라는 거대한 운명으로 이끈 최초의 '각인'이었다.

나는 매일 하굣길을 빙 돌아 소리사 앞 스피커를 지켰다. 키 작은 아이가 매일 가게 앞에서 진을 치고 음악을 경청한다는 소식은 결국 아버지의 귀에까지 들어갔다. 어느 날 아버지는 'Solfa(솔파)'라고 적힌 주홍색 줄무늬 공테이프를 무심하게 내게 건네셨다. 소리사 주인에게 부탁해, 내가 그토록 넋을 잃고 듣던 노래들을 녹음해 오신 것이었다. 자상함과는 거리가 멀어 보이던 아버지가 마루에 걸터앉아, 믿기지 않을 정도로 놀라운 하모니카 연주 솜씨를 선보였던 것도 아마 그즈음의 일이었다.

그 솔파 테이프에 담겨 있던 곡들은 지금도 내 혈관 속에 흐르고 있다. 한대수의 〈바람과 나〉, 김민기의 〈친구〉, 김정호의 〈보고 싶은 마음〉, 그리고 생뚱맞게 섞여 있던 슈베르트의 〈마왕〉까지. 돌이켜보면 그 노래들이 곧 지금의 나를 만들었다. 한대수와 김민 기라는 자유의 정신, 김정호의 처절한 서정, 그리고 슈베르트의 고 전적 비극이 내 음악적 혈액의 성분이 된 셈이다. 믿기 힘든 우연 은 또 있다. 훗날 나의 노래 〈이층에서 본 거리〉가 실린 3집 음반 은 바로 그 솔파 테이프를 생산했던 '신세계 레코드'에서 제작되 었다. 삶이란 이토록 정교하게 짜인 운명의 실타래였던가.

세월이 흘러 나는 내가 평생 흠모해 온 가수의 이름을 제목으 로 한 노래를 만들었다. 〈한대수〉. 내 음악의 뿌리가 블루스라면, 그 시작점의 자양분은 단연 한대수였다. 2002년 혹은 2003년경 이었을 것이다. 지금은 돌아가신 KBS 김정태 PD의 주선으로 한국 에 머물고 계시던 한대수 선배님을 직접 뵙게 되었다. 역삼동의 작 은 원룸, 그가 잠시 머물던 소박한 공간에서 나는 떨리는 마음으로 이 노래를 들려드리며 나의 유년 시절 사연을 고백했다. "두헌 씨 양호해요, 양호해요!"를 연발하며 파안대소하던 선배님이 갑자기 기타를 집어 들었다.

"같이 부릅시다. 끝, 끝없는 바람, 저 험한 산 위로 나뭇잎 사이 불어가는…."

그의 우렁찬 선창에 맞춰 내가 화음을 쌓기 시작했다. 전율이 온몸을 감싸고, 나의 영웅과 한 목소리가 되어 우주를 유영하는 듯한 감격이 최고조에 달했을 때였다. 갑자기 옆집에서 벽을 세차게 두드리는 '쿵, 쿵, 쿵' 소리와 함께 거친 고함이 터져 나왔다.

"집어치워! 조용히 좀 합시다!"

그렇게 나의 영웅과 함께한 생애 첫 듀엣 무대는, 보이지 않는 이웃의 무자비한 비난 속에 막을 내렸다. 하지만 그 무색한 마무리가 오히려 한대수다웠고, 또 가장 음악다웠다. 자유란 본디 그런 것이 아니던가. 누군가의 벽을 두드리는 소리에도 아랑곳하지 않고, 바람처럼 불어와 어딘지 모를 끝을 향해 끊임없이 흘러가는 것 말이다.

노래 듣기

비 오던 날

비 오던 날을 기억하나요
우리가 처음 만난 어느 날
가을비는 그칠 줄을 모르고
빗속을 혼자 걷고 있었죠

어색한 미소 지으며
내게 우산을 내밀던 그대
이해할 수 없는 힘에 이끌려
나는 그대와 걷게 되었죠

길지 않은 길을 걸으며
나누었던 많은 얘기들
기억하나요

거짓 없었던 그대 맑은 미소는
언제까지나 잊을 수 없죠

뒤돌아 가는 그대 뒷모습
무심히 바라보았죠
흠뻑 젖은 그대 왼쪽 어깨엔
사랑이 젖어 들고 있었죠

예고 없이
빗줄기가 후드득 쏟아지면

내겐 잊을만하면 꾸는 기묘한 꿈 하나가 있다. 이 꿈속에서 나는 동시에 두 장소에 존재한다. 한 명의 나는 달리는 버스에 앉아 창밖을 내다보고 있고, 또 다른 한 명의 나는 버스 정류장에 서서 다른 버스를 기다리고 있다.

한 명의 내가 탄 버스가 정류장을 스쳐 지나가는 그 찰나의 순간, 창을 사이에 두고 두 명의 내 시선이 정면으로 맞닿는다. 그때 우리는 늘 똑같이 의아한 표정을 짓는다. '어디서 봤는데? 분명 아는 사람 같은데.'

시선이 교차하는 짧은 순간, 버스 안의 나는 내 시점에서 정류장의 나를 관찰하며 무언가를 생각하고, 정류장의 나는 또 나의 시점에서 버스 안의 나를 보며 나름의 해석을 내놓는다. 꿈속이라 가능할 이 분열한 자아의 만남은 묘하게 고요하면서도 서늘하다. 버스 안에 있든, 버스 밖에 있든 인간은 결국 철저히 자신의 시점에서만 상대를 응시한다는 자각을 일깨워주기 때문이다.

사랑이라는 것이 상대를 오롯이 응시하고 수용하는 일이라고들 좋게 말하지만, 나는 단언컨대 그것은 거짓말이라고 생각한다. 자신의 시점이라는 이기적인 전제를 빼고 사랑을 논하는 것은 비겁한 일이다. 우리는 결국 내가 보고 싶은 대로 상대를 재단하고, 오직 내 마음의 크기만큼만 상대를 수용하고 있는지도 모른다. 버스 창을 사이에 둔 두 명의 나처럼, 우리는 평생 서로를 '아는 사람'이라 착각하며 각자의 시선으로 오해를 쌓아가는 고독한 존재일 뿐이다.

그래서 나는 그 차갑고 고립된 응시가 실질적인 '동행'으로 변하는 순간을 현실에서 간절히 만나고 싶었다. 비 내리는 날, 내 왼쪽 어깨가 축축하게 젖어가는 줄도 모르고 우산을 오른쪽으로 기울이는 그 꾸덕꾸덕하고도 따뜻한 마음 말이다.

일기예보는 예나 지금이나 늘 맞지 않는다. 어쩌면 들어맞은 날이 훨씬 많았음에도, 우리는 유독 어긋난 날만을 기억하며 예보의 무능을 탓하는지도 모른다. 사실 세상의 모든 예보는 결과와 상관없이 늘 원망의 대상이 되기 마련이다. 그러나 돌이켜보면 일기예보가 빗나가 비를 쫄딱 맞던 그 시절, 우리의 우산 인심만큼은 참 후했다.

예고 없이 빗줄기가 후드득 쏟아지면, 가방이나 책을 머리에 이고 서둘러 처마 밑으로 숨어들던 시절. 그때 우리는 길 위에서 우산 없이 비를 맞고 걸어가는 낯선 이를 만나면 아무런 연고 없이 우산을 기울여 그를 내 안으로 들였다. 이름도 모르는 타인과 어깨를 맞대고 빗소리를 공유하던 그 짧은 동행.

말없이 함께 걷다 내리고 싶은 정류장을 만나면, 마치 버스에서 내리듯 우산 밖으로 조용히 떠나가던 뒷모습을. 그때 우리는 가벼운 목례로 이별을 대신했다. 예보에 대한 불신 탓이었는지, 혹은 비를 맞는 행위 자체에 깃든 어떤 해방감 때문이었는지 몰라도, 어린 시절 비 오는 날 진흙탕이 된 운동장에서 오래도록 공을 차며 뛰어다니던 기억은 여전히 선명하다. 샤워기의 물줄기가 아침저녁의 흔한 일상이 아니던 때, 거친 빗줄기는 하늘이 내려준 기적 같은 선물이었다.

비 오는 날이면 유난히 잠이 쏟아지곤 했다. 빗소리의 강약과 상관없이 그저 코끝을 스치는 비 냄새만으로도 눈꺼풀은 무거워졌다. 그 얕은 잠의 끝자락에는 늘 그 꿈속의 응시가 기다리고 있다. 버스 창을 사이에 두고 서로를 마주 보던 두 명의 나의 시선.

나는 여전히 두 명의 내가 서로를 바라보던 그 고요한 응시를 기억한다. 내가 나를 타자로 바라볼 때 느껴지던 그 서먹한 연민이야말로, 어쩌면 타인을 진심으로 이해하기 위한 가장 정직한 출발선이었는지도 모른다. 자신의 시점에만 갇혀 있던 버스 안의 내가, 정류장에 서 있는 또 다른 나를 발견하는 순간 비로소 타인의 고독이 보이기 시작하는 것처럼 말이다.

우산 한쪽을 적시며 누군가와 보조를 맞추던 그 빗물의 향기 또한 여전히 내 마음속의 익숙한 골목길을 적시고 있다.

나는 오늘도 버스 창가에 앉아 밖을 내다본다. 혹시 정류장에 서서 나를 기다리고 있을, 아직 내가 미처 알지 못한 나의 또 다른 모습을 발견하게 될까 봐. 그리고 그 낯선 응시의 순간이 오면, 이번에는 의아해하는 대신 창밖의 내게 따뜻한 웃음을 지어보려 한다.

노래 듣기

고흐의 귀

세상이 피곤하게 느껴지는 날에는
모든 게 나를 외면하는 듯한 날에는

그럴 땐 벽에 걸린 그림을 봐
귀가 잘린 고흐의 그 눈빛을

세상이 그를 외면 할 때에도
그의 손은 붓을 놓지 않았지

사는 동안 그가 판 것은
단 한 점의 유화 그렇지만

눈을 감는 순간까지도
그의 영혼은
그림을 그렸는지 몰라

어느 날 그는 그의 귀를 잘라 버렸지
모두들 그가 미쳤다고 말을 했지만

세상에 단 한 사람 그를 믿고
그의 말에 귀 기울인 사람은

세상을 떠나버린 그를 따라
그의 곁에 혼을 묻은 동생뿐

사는 동안 그를 믿어 준
단 한 사람이 있었음에

눈을 감는 순간까지도
그의 영혼은
그림을 그렸는지 몰라

© 이영희

음악은 한 폭의 그림

나는 늘 비극을 동경했다. 찰리 채플린을 유난히 좋아했던 까닭도 그의 슬랩스틱 코미디 너머에 흐르는 지독한 비극성을 보았기 때문이다. 누군가는 희극의 대가를 두고 무슨 말도 안 되는 소리냐고 하겠지만, 내 눈에 비친 그의 과장된 몸짓과 연기는 서글픈 생의 단면이었고, 영화가 끝날 무렵이면 나는 늘 텅 빈 극장에 홀로 남겨진 듯 눈물을 훔치곤 했다. 그 연장선상에서 또 하나의 거대한 비극을 꼽으라면 나는 주저 없이 빈센트 반 고흐를 떠올린다.

초등학교 6학년 무렵으로 기억한다. 책 장사가 골목을 누비며 지식을 팔던 것이 자연스럽던 시절, 아버지는 가끔 덜컥 전집물을 사들이곤 하셨다. 아버지가 책장에 머무는 모습을 본 기억은 거의 없으나, 집안에 금장 장식의 전화기와 양주병, 그리고 빽빽한 책장이 구색을 갖춰야 한다는 일종의 '가장의 미학'이 작동했던 모양이다. 배우 한진희가 화려한 나이트가운을 입고 등장하던 드라마 속 거실 풍경을 아버지는 신길동 이층집에 구현하고 싶으셨던 걸까.

이유야 어찌 됐든, 그렇게 들어온 책은 소년이었던 나의 가장 친밀한 유희가 되었다. 그중에서도 금성출판사의 《현대세계미술대전집》은 압권이었다. 루벤스부터 칸딘스키까지 거장들의 도판이 빼곡했던 그 두꺼운 책장은 내게 금기된 세계의 문이었다. 가끔 적나라한 누드화를 훔쳐보며 셀프 성교육을 하기도 했고, 모네의 풍경화 속으로 쏟아지는 빛의 줄기를 보며 외계인의 광선에 쏘인 듯 몽롱한 황홀경에 빠지기도 했다.

세월이 흘러 파리 오르세 미술관에서 장 오귀스트 도미니크 앵그르의 〈샘(La Source)〉을 마주했을 때, 나는 문득 그 어린 날의 은밀했던 나만의 성교육 시간이 떠올라 묘한 감격에 젖었다. 또한 고흐의 〈론강의 별이 빛나는 밤〉 앞에서는 터져 나오는 울음을 도저히 감출 수가 없었다. 특히 그의 자화상 앞에 섰을 때의 그 기분이란. 아직 귀는 온전하게 달려 있으나, 눈빛만큼은 '나는 곧 내 귀를 잘라버릴 것'이라 예고하는 듯한 그 서늘한 표정.

나는 이미 알고 있고 그는 아직 모르는 미래의 비극이 캔버스를 뚫고 나와 나의 살갗에 소름을 돋게 했다. 고흐는 내게 그렇게 잊지 못할 예술가이자, 동생에게 지극한 편지를 쓰는 따뜻한 형으로 가슴 깊이 박혔다.

미국 유학을 마치고 돌아온 당시의 나는 참으로 순진했다. 태평양을 건너오기만 하면 당장이라도 명문 대학의 교수로 채용될 줄 알았고, 세련된 화성과 연주로 가득 채운 나의 컴백 앨범《Imagine》이 음악계의 판도를 뒤흔들 것이라 믿어 의심치 않았다. 하지만 현실은 냉혹했다. 전임교수로 모셔갈 줄 알았던 강단에서는 시간강사로 초라한 첫발을 떼게 했고, 야심 차게 내놓은 음반은 지인에게 건네는 고가의 명함 정도로 쓰이고 말았다.

그때 문득 고흐를 다시 불러냈다. 그림 한 점에 목숨을 걸고, 세상이 알아주든 말든 자기만의 독자적인 구도와 색채로 캔버스를 채워가던 그 고독한 사내를. 그리고 그 사내를 유일하게 지탱해 주었던 동생 테오를 생각했다. 형의 천재성 뒤에 가려진 정신착란과 삶의 아픔까지도 모두 가슴으로 받아내며, 늘 따뜻한 시선과 경제적 지원을 아끼지 않았던 단 한 사람.

이 노래 〈고흐의 귀〉는 그렇게 귀국 후의 쓸쓸한 정서 속에서 가사가 입혀졌다. 작곡하고 녹음하던 당시에는 이런 무거운 서사를 담으리라곤 생각지도 못했다. 곡의 구성이나 화성이 너무나 소박하고 단순해서, 유학을 마치고 온갖 현학적 허세로 무장했던 나의 취향과는 어쩌면 어울리지 않는 곡이었다. 그러나 결국 나는 화려한 기교 대신 고흐의 진실을 선택했다.

이 노래는 사실 내게도 '테오'가 있었으면 하는 간절한 바람으로 빚어낸 곡이다. 화려한 금의환향을 꿈꾸었던 서울은, 조용필이 탄식과 함께 소리쳤던 노래 속 가사처럼 어디가 숲인지 어디가 늪인지 구분할 수 없는 공허한 미궁일 뿐이었다. 오르세 미술관에서 끝내 마주하지 못했던 것이 하나 있다. 바로 한쪽 귀에 붕대를 칭칭 감고 있는 그의 마지막 자화상이다.

그래, 어쩌면 보지 못한 편이 나았을지도 모른다. 아를의 공동묘지에 나란히 묻혀 영원한 안식을 누리는 형제처럼, 나 역시 그 고결한 슬픔을 내 가슴에 고이 묻었으니. 비록 세상이 나의 붓놀림을 외면할지라도, 나를 믿어주는 단 한 사람의 온기만 있다면 나의 영혼은 눈을 감는 순간까지도 나만의 그림을 그려나갈 수 있을 것이라 믿는다.

내게 음악은 한 폭의 그림이다.

노래 듣기

사랑을 믿나요

사랑을 믿나요
이렇게 가슴 아파도
그대가 믿는 사랑이
영원할 거라고 믿나요?

그대는 믿나요
영원한 사랑을 믿나요
피할 수 없는 이별이
그댈 찾아온다고 해도

눈물을 믿나요
거짓이라고 해도
사랑, 그 이름만으로
모두 버릴 수 있나요

가슴속에 가득한
그 사랑을 믿나요
이룰 수 없어도
그 사랑을 믿나요

죽음보다 차가운
이별이 찾아와도
그대는 영원한
사랑을 믿나요

믿는다는 것은 너무 외롭다는 말과 동의어이다. 얼마나 많은 사람이 외로워서 무언가를 믿고, 다시 그 믿음 때문에 끝없이 외로워졌는지는 굳이 3심 재판을 거치지 않아도 자명한 일이다. 더군다나 그 믿음의 대상이 '사랑'이나 '사람'이라면, 그것은 더더욱 외로움과 종신계약을 체결한 것과 다를 바 없다.

사실 사랑을 믿지 않는다고 말하는 데는 엄청난 용기가 필요하다. 사람을 못 믿겠다는 말에는 꽤 많은 사람이 고개를 끄덕이며 동조하지만, 문장의 주어가 '사랑'으로 바뀌는 순간 사람들은 약속이라도 한 듯 입을 닫는다. 믿어도 믿는다고 떳떳이 말할 수 없고, 안 믿으면서도 안 믿는다고 차마 내뱉지 못하는 이름. 이쯤 얘기하

면 마치 예수를 앞에 두고 "너는 저자를 알지 않느냐?"라고 다그
침을 당하는 베드로의 심정이 된다. 나는 베드로의 그 뼈아프게 현
명한 대답처럼, 세 번 모른다고 부인하며 주저앉는 쪽을 택하겠다.
사랑 앞에서 정직할 수 있는 인간은 단언컨대 없기 때문이다.

내게도 사랑이라는 신(神)을 맹목적으로 받들던 신자 시절이
있었다. 장대비가 쏟아지던 골목 어딘가에서 온종일 비를 맞고 기
다리던 스무 살. 내 앞을 지나가던 짝사랑 그녀가 내가 모르는 선
배와 다정히 손을 잡고 걸어가는 모습을 숨어서 지켜보던 그 비참
한 순간에도, 나는 사랑이라는 종교를 버리지 못했다. 마치 영화
《건축학개론》의 한 장면 같은 통속적인 아픔 속에서도 나는 사랑
에 대한 믿음이 나를 구원할 거라 믿었다.

어느 날 운명처럼 찾아온 편지 한 통이 그 믿음에 쐐기를 박았
다. 정갈한 글씨와 문장이 나를 닮았다는 이유만으로, 이것은 분
명 운명적인 사랑이라고 확신했다. 돌이켜보면 그것은 일생일대의
실패였다. 나는 사랑을 믿은 것이 아니라 그저 나를 닮은 '글씨'를
믿은 것이었음에도, 이별이 결정 난 뒤에도 "그럴 리가 없다."라고
절규했다. 사랑이 마약보다 해롭다는 증거는 바로 여기 있다. 이성
적인 판단을 마비시키고 환각을 실재라 믿게 만드는 것. 그 지독한
믿음 그 때문에 나는 정말이지 거의 죽을 뻔했다.

사랑에 버림받은 영혼은 자신도 모르게 복수의 칼날을 간다.
애꿎게 이 잔인한 복수의 대상이 된 누군가는, 이제부터 벌어질 계

획적인 복수의 각본을 눈치챌 틈도 없이 속수무책으로 당할 수밖에 없다. 하지만 가장 비극적인 지점은 따로 있다. 복수의 대상으로 삼은 그 누군가가, 사실은 내게 사랑에 대한 돌이킬 수 없는 불신을 안겨줄 또 다른 '복병'이었다는 사실을 깨닫게 될 때다. 사랑은 어떤 화려한 미사여구를 동원해도 이별 앞에서는 진정 초라하고 볼품없는 초상에 불과하다.

우리는 가끔 눈물을 사랑의 만병통치약으로 오해한다. 체한 사람이 소화제를 찾듯, 사랑에 대한 믿음을 되찾기 위해 눈물을 마신다. 하지만 사랑 때문에 흘리는 눈물은 결코 전적으로 믿을 것이 못 된다. 남몰래 흐르는 눈물은 약간의 신뢰를 얻을 수 있을지 모르나, 대상을 앞에 두고 흘리는 눈물은 은밀하게 건네도 사양하고 싶은 '뇌물'과 같다. 남몰래 흘리는 눈물을 아무도 모를 것으로 생각한다면 그것 또한 오산이다.

진정한 사랑은 눈물의 향기를 안다. 비가 내리면 이내 코를 지나 가슴을 타고 흘러 영혼을 적시는 그 비릿한 빗물의 향기를 기억하는가? 그 향기처럼, 내 앞에 사랑으로 선 사람이 간밤에 흘린 눈물의 흔적은 결국 나의 영혼에 스며들기 마련이다. 그러니 비가 내리는 날에는 구차한 우산 따위는 던져버리고, 그대가 믿고 싶은 사람의 사랑과 함께 통곡하라. 눈물과 빗물은 신화 속에 늘 등장하는 이복형제가 아니던가. 그들이 섞여 흐를 때 비로소 우리는 거짓된 뇌물이 아닌 진실한 슬픔을 마주하게 된다.

내가 음악을 맡았던 뮤지컬 《페퍼민트》의 1막 마지막 곡으로 이 노래가 연주되던 장면이 떠오른다. 노래가 절정으로 치닫고 오케스트라의 짧은 후주와 함께 막이 내려올 때, 객석에서 터져 나오던 기립박수는 내게 여전히 꿈같은 기억이다. 무대 위 배우 남경주가 분한 '터주'는 이룰 수 없어도 사랑을 믿느냐고 절규하며 묻는다. 그것은 사랑의 대상에게 던지는 질문이 아니라, 자기 자신을 향한 물음이다.

그 절규가 관객의 심장을 때릴 수 있었던 이유는 그 질문이 비로소 '나'를 향했기 때문이다. 사랑하는 사람에게 "너는 나를 믿느냐?"라고 묻는 것은 너무나 흔하고 당연해서 유치하기까지 한 일이다. 내 사랑이 어디를 향하는지도, 그 사랑이 어떤 잔인함을 내포하고 있는지도 모르면서 타인에게 믿음을 강요할 자격은 누구에게도 없다.

대신 우리는 늘 스스로에게 질문해야 한다. 너는 사랑을 믿느냐고. 타인의 변심을 탓하기 전에 내 안의 믿음이 어떤 모양을 하고 있는지, 그것이 혹시 외로움을 피하기 위한 비겁한 계약은 아니었는지 끊임없이 되물어야 한다.

"너는 사랑을 믿느냐?"

이 질문에 베드로처럼 도망치지 않고, 혹은 빗물 속에서 통곡하며 답할 수 있을 때 우리는 비로소 사랑의 본질에 아주 조금 가까워질 수 있을 것이다. 비록 그 끝이 다시 지독한 외로움일지라도, 나는 다시금 어리석은 신자가 되어 고백해 본다.

"네, 이제 저는 믿씁니다."

노래 듣기

푸른 숲 같은 사랑

이젠 내게로
여행을 떠날 거야
이젠 더 이상
어둠은 없을 거야

나의 지난날들은
사막의 밤 같았지
그를 만난 후부터
내 맘속에 자라는 풀 하나

언젠가
나무가 될 거야
숲이 될 거야

언젠가
사랑이 올 거야
푸른 숲 같은 사랑

사막의 밤을 지나서

내가 창작 뮤지컬을 작곡했다는 사실을 아는 사람은 거의 없다. 아니, 뭐 다른 커리어라고 해서 사람들이 딱히 많이 아는 것도 아니지만…. 지금은 뮤지컬계의 디바를 넘어 거의 원로(?)급이 된 S.E.S의 리더 바다의 뮤지컬 데뷔작이 무려 내 작품이다. 당대 최고의 뮤지컬 배우 남경주와 아이돌 바다가 주연을 맡았다는 사실만으로도 제작 단계에서 큰 화제가 되었던 나의 창작 뮤지컬 데뷔작, 이름하여 《페퍼민트》.

2002년, 나는 돌연 이혼했다. 유학 갈 때 남대문 시장에서 사서 갔다가 귀국할 때 다시 그대로 가져왔던 이민 가방 두 개 분량의 짐이 차가운 현관에 놓여 있었다. 나는 일곱 살, 네 살 두 아들을 두고 쫓겨났다. 내 입으로 '쫓겨났다'라고 말하니 내가 무슨 대단한 불륜을 저질렀거나, 희대의 금융 사고를 쳤거나, 가정 폭력의 주범이었겠구나 짐작할 수도 있겠지만, 그런 시시한 이유로 혼자가 된 것은 아니라고 나는 지금도 굳게 믿고 있다.

네 살이었던 둘째야 무슨 기억이 있겠냐마는, 태어나면서부터 아빠와 찰떡이었던 일곱 살 큰놈은 졸지에 매일 '탑 블레이드'를 같이 하던 아군을 잃은 것이나 다름없었다. 일주일에 한 번 아빠와 지내는 날, 어쩌다 차를 타고 나갈 때면 아이는 느닷없이 "엄마가 죽어버렸으면 좋겠어." 같은 섬뜩한 혼잣말을 내뱉었다. 중고등학교 시절엔 수시로 외할머니가 내게 SOS를 칠 정도로 아이는 불안정했고 거칠었다. 웃고 있어도 눈물이 난다는 가사가 그냥 수사가 아니라 잔인한 실화였던 시절이었다.

2003년, 온통 분노와 절망, 그리고 퇴폐만이 내 영혼의 찌꺼기로 남아 있던 바로 그 시기에 뮤지컬 작곡 제안을 받았다. 대본을 받아 읽는 순간, 나는 작가의 면전에 대고 첫마디를 뱉었다. "뭐 이런 거지 같은…." 대략의 내용은 이렇다. 가수의 집에 사는 터줏대감 귀신이 수호신처럼 그녀를 지키다가 사랑에 빠진다는….

터주 역은 남경주가, 가수 역은 바다가 맡았다. 아무튼 큰돈을 준다니 마다할 리 없었고, 나는 곡을 써 내려갔다. 친절한 제작사는 나를 영국 런던으로 데려가 대작들을 직접 구경시켜 주는 특전까지 베풀었다. 그렇게 나는 주말의 명화에서나 보던 뮤지컬 영화 속 작곡가로 데뷔하게 된 것이다.

지금 생각하면 참 성의 없이 작곡한 것 같다. 오죽하면 나중에 어느 파티에서 한 뮤지컬 배우가 내 앞에 대고 "쓰레기 같은 작품이었다."라고 쏘아붙였을까. 그날 내가 그 말을 듣고 난동을 부리지 않은 것은 나의 성숙한 인격 때문이 아니라, 나 역시 그녀의 연기나 행보가 그다지 인상적이지 않았던 탓이다.

뭐, 어쨌든 뮤지컬은 대성공이었다. 연일 만원사례였고 1막 마지막 곡에는 기립박수가 터져 나왔다. 그해 한국 뮤지컬 대상 11개 부문에 후보로 올랐지만, 상을 단 하나도 타지 못한 걸 보면, '좋았다'라는 평가는 그저 제작자와 작가의 착각이었을지도 모른다.

다만, 그 허술한 대본에서 유일하게 내 마음을 낚아챈 대목이 있었다. 인기 가수인 주인공이 독백처럼 자신의 처지를 읊조리는 부분. 화려해 보이지만 외롭다는 통속적인 대사가 가득했지만, 그 대목을 읽는 순간 나는 주인공 바다가 되어버렸다. '그래, 네까짓 대본이 말하는 고독 따위가 지금 내 심장 밑바닥에 고인 이 절망을 이길 수 있겠느냐'라는 오기로 이 노래를 만들었다.

'나의 지난날 들은 사막의 밤 같았지.'

사막의 밤. 가본 적도 경험한 적도 없지만, '사막'과 '밤'이라는 두 단어의 조합만으로도 그것이 얼마나 춥고 어두우며 지독하게 외로운 것인지 짐작할 수 있었다. 그 무렵 나는 진짜 사막에 살았다. 대낮의 뜨거움 따위는 허락되지 않는, 오로지 밤만 계속되는 사막. 낙타도 없고 물 한 모금도 없으며, 그 흔한 별조차 뜨지 않는 진짜 사막. 나는 그곳에서 구조를 꿈꾸지 않는 표정으로 우두커니 서 있었다.

인간은 하늘에서 내려오는 튼튼한 동아줄 정도로 구원받지 못한다. 유조선 하나를 매달 수 있는 강철 케이블이 내려온다 한들 충분하지 않다. 나는 깊은 밤, 누군가 내게 날개를 달아주고 사라지길 기도했다. 태양 근처에서 녹아버릴 조악한 밀랍 날개가 아니라, 새털처럼 가벼워진 내 몸을 들어 올려 최소한의 습기가 남아 있는 곳으로 옮겨줄 진짜 날개를 꿈꿨다.

어느 날, 사막을 벗어난 내 마음속에 자란 작은 풀 하나가 시간을 거슬러 순식간에 나무가 되고 숲이 되어버리는 세상을 소망했다. 소망은 늘 내 안에 자라는 씨앗이다. 그 씨앗을 틔워 풀로 만드는 것은 오로지 나의 몫일 뿐. 나는 이 노래를 통해 비로소 산들바람에 흔들리는 풀이 되었다.

그리고, 그 사막을 함께 건너온 나의 큰아들이 결혼했다. 탑 블레이드를 함께 하던 아빠를 잃고 거친 바람 속에서 헤매던 그 아이가, 이제 풀 한 포기를 심으며 자신의 숲을 이루려 한다. 나는 이제야 비로소, 나를 위해서가 아닌 너를 위한 숲을 꿈꾸기 시작했다.

사막의 밤은 드디어 끝났다.

노래 듣기

제주의 길

가슴엔 언제나
향기로운 바람이 부네

그대를 만나고 돌아오는 길

길 위에 피어난
작은 들꽃 하나도
눈물겹도록 아름다워서

생각의 숲에서
아픈 날의 기억을 지우리

다가올 날들은 아름답기에

푸르른 하늘과 바다
그리고 바람

제주의 길 위에서

침묵의 시간을 넘어서
내 안의 나를 만나는 길

언젠가 이 길이 나를 불러
머물라 할 때에

마음의 소리에 나를 맡기리

푸르른 하늘과 바다
그리고 바람

제주의 길 위에서

© 이두헌

제주가 어느 날
내게 조용히 속삭였다

제주올레라는 놀라운 길을 일구어낸 서명숙 이사장과 안은주 대표를 처음 만난 것은 2007년쯤이었다. 두 사람을 어떻게 알게 되었는지는 기억이 흐릿하다. 그 당시 가까웠던 장 변호사가 다리를 놨는지, 아니면 올레를 추앙하던 누군가가 나를 떠밀었는지 짐작만 할 뿐이다. 어떤 기억은 내게는 없고 다른 이에게는 선명할 수도 있으니, 이건 언젠가 안 대표에게 물어볼 심산이다.

하지만 두 사람에 대한 나의 첫인상만은 뷰파인더로 찍어낸 듯 또렷하다. 사람에 대한 기억이라기보다는 묘한 연상에 가까웠다. 인도의 어느 낡은 골목, 시타르 연주자 라비 샹카, 그리고 비틀스의 조지 해리슨이 갑자기 영등포의 어느 기름때 절은 공구 가게에 나타난 것 같은 이질적인 느낌. 그들에게서 명상가의 영적 기운이 느껴졌다는 건 아니다. 오히려 동네에서 흔히 마주칠 수 있는 평범한 미소 속에, 어딘가 인도의 구도자 같은 잔향이 배어 있었다. 이 기억 또한 안 대표의 딸 지민이가 인도에 있다는 얘기를 나눴거나, 아니면 그날 유독 비틀스의 〈Within You, Without You〉가 내 머릿속에서 환청처럼 떠나지 않았거나 둘 중 하나일 것이다.

"제주에 길을 낸다."라는 이야기를 처음 들었을 때 솔직히 쉽게 이해되지 않았다. 제주에 길이 없었던가? 하지만 그 말에는 이상하게 사람을 끌어당기는 자석 같은 힘이 있었다. 장황한 설명 하나 없이도 사람을 움직이게 하는 그 투박한 진심. 그렇게 두 분의 추천으로 제주올레 1코스에 발을 들였다.

포장도 되지 않은 그 길은 처음엔 의문투성이였다. '이게 무슨 길이라고?' 묻고 싶었지만, 나는 그저 입을 닫고 걸었다. 내 손에 닿을 거리에서 소가 풀을 뜯는 서걱거리는 소리가 들리고, 언덕 너머로 시리도록 푸른 바다가 터져 나오는 그 비현실적인 풍경. 도시에서 잔뜩 날을 세우고 살던 내 안의 딱딱하게 뭉친 무언가가 서서히 풀어지는 기분이었다. 성산 일출봉을 향한 절벽 같은 언덕 위에는 보호 펜스 하나 없었다.

도시인의 눈엔 위험하기 짝이 없었지만, 그 위태로움조차 설명할 수 없이 아름다웠다. 이튿날 걷던 2코스의 작은 숲에서는 아예 길을 잃었다. 어떻게 들어왔고 어디로 나가야 하는지조차 불분명한 그 길에서의 불안함은, 당시 내 삶의 꼬락서니와 너무나 닮아 있었다. 최근 그곳이 오조리 숲길 어디였을 거라는 얘기를 안은주 대표에게 들었다.

그 무렵 나의 삶은 사면초가였다. 이혼 후 수중에 남은 얼마 안 되는 돈은 방탕한 생활 탓에 모래알처럼 사라졌고, 전셋집 주인이 집이 팔렸다며 나가달라고 통보할 때까지도 나는 세 들어 사는 처지라는 것조차 인지하지 못하고 있었다. 아니, 솔직히 인정하고 싶지 않았다. 불과 3년 전만 해도 작은 집 하나쯤은 가뿐히 살 수 있었던 돈이었는데, 서울의 집값은 내 상상 너머로 비웃으며 도망가고 있었다.

그런 와중에도 나는 '강남 큰 집에 살던 사람'이라는 쓸모없는 허세 하나로 새로 얻은 서초동 오피스텔에 월세 180만 원을 꼬박꼬박 갖다 바쳤다. 시간이 갈수록 나는 하루하루 거지가 되어갔고, 손 하나 까딱 않고 내 돈을 가져가는 건 집주인이었다.

그 시절 부동산 중개업을 하던 애제자 경택의 어머니가 내 사정을 듣고 직접 집을 수소문해 주셨다. 함께 간 곳은 용인 기흥구 청덕동의 가파른 언덕에 막 뼈대를 올리고 있던 주공 아파트였다. 엘리베이터도 없던 공사 현장, 14층 꼭대기까지 헉헉거리며 걸어 올라갔다. 매일 술만 퍼마시던 나는 그날 처음 깨달았다. 술로는 체력이 길러지지 않는다는 엄혹한 진실을. 호흡이 턱밑까지 차올라 죽을 것 같던 그 순간, '쏴아' 하고 나뭇잎 흔들리는 소리가 들렸다. 아직 유리도 끼워지지 않은 부엌 창밖으로 산 하나가 코앞까지 성큼 다가와 있었다. 마치 영화《와호장룡》의 한 장면처럼 푸른 대나무 숲이 일렁이는 광경. 나는 그 자리에서 선언했다.

“이 집에 살겠습니다.”

결국 빚을 내어 산자락 아파트를 사고 말았다. 그때부터 나는 은행과 막역한 사이, 아니 은행의 노예가 되었다. 집은 생겼지만 삶은 여전히 비틀거렸다. 어느 날 불현듯, 내 집이 더 이상 강남의 저택이 아니라 용인의 후미진 산비탈이라는 사실이 나를 견딜 수 없게 만들었다. 나는 도망쳤다. 집에 가기 싫었다. 정신 못 차린 강남의 방탕한 후레자식 눈에, 그 집은 내가 살 집이 아니었다. 내가 운영하던 서래마을 와인바《피노(Pinot)》에서 술에 취해 쓰러져 잠들면, 매니저가 안쓰러운 듯 전기난로를 켜주고 담요를 덮어주고 퇴근하곤 했다. 그 모든 기억은 여전히 내게 축축하고 어두운 과거의 아픔이다.

그리고 어느 날인가부터 나는 걷기 시작했다. 미친 듯이. 이른 아침부터 해가 지고 다시 뜰 때까지 걷고 또 걸었다. 한여름 땡볕에도, 한겨울 눈보라 속에서도 나는 짐승처럼 걸었다. 서울이었는지, 충청도와 경기도의 경계였는지도 모를 그 길 위에서. 아마 그 미친 듯이 걷는 모습을 본 누군가가 제주올레의 두 분에게 나를 소개해 주었을 것이다. “여기 아주 잘 걷는 인간이 하나 있어요.” 라고.

그 시절의 나는 이렇게 느꼈다. 누워있으면 산 채로 내 위에 흙이 부어질 것 같았고, 앉아 있으면 누군가에게 자백을 강요당하는 기분이었으며, 서 있으면 누군가가 절벽 아래로 나를 밀어버릴 것만 같았다.

그 절박함이 나를 걷게 했다. 제주에서도 마찬가지였다. 틈만 나면 제주를 찾아가 발자국을 찍었다. 절망과 함께 걷는 길은 내 시체를 열 개쯤 어깨에 짊어지고 발을 떼는 것과 같았다. 그런데, 그 제주가 어느 날 내게 조용히 속삭였다.

"사람은 너를 해치지 않아. 너를 해치는 건 바로 너 자신이야."

그제야 비로소, 제주의 바람에 몸을 맡기고 눕는 풀잎의 모습이 눈에 들어오기 시작했다. 그래, 그날 바람이 불었다. 그 진공 같은 시간 속에서 바다는 "이제야 나를 알아보느냐."라는 듯 나를 향해 눈을 흘기고 있었다.

약간의 평화가 찾아온 어느 날, 사려니숲길 어귀쯤에서 바람에 실려 온 음표 하나가 내 귓가에 말했다. "적어줘. 이걸 노래로 불러줘." 그렇게 제주가 건네준 멜로디를 받아적었고, 그것은 노래가 되었다. 가끔 노래는 그렇게, 눈송이처럼 하늘에서 스르르 떨어져 가슴에 스며든다.

나는 여전히 기다리고 있다. 제주가 내게 건넬 다음 문장을.

"이 길에 머무르렴. 이제 내가 너를 안아줄 때가 되었어."

두 사람을 처음 만났던 행스시의 셰프도, 서 이사장의 둘도 없는 동생 동철 형도, 동성 형도 그리고 서명숙 이사장 마저 세상을 떠났다. 나는 다시 걷기로 했다. 나를 구원한 제주의 길을.

노래 듣기

미안해요, 용서해요, 고마워요, 사랑해요

세상의 수없이 많은 말들 중에
이 세상 모든 걸 바꿀 말이 있지

미안해요(손을 내밀어요)
용서해요(힘껏 안아줘요)
고마워요(고개를 숙여봐요)
사랑해요

그대의 마음에 미움이 가득할 때
끝없는 슬픔과 후회가 밀려올 때

미안해요(손을 내밀어요)
용서해요(힘껏 안아줘요)
고마워요(고개를 숙여봐요)
사랑해요

그대의 미래가 불안해 보일 때는
눈앞에 보이는 모든 게 희미할 때

미안해요(손을 내밀어요)
용서해요(힘껏 안아줘요)
고마워요(고개를 숙여봐요)
사랑해요

세상의 수없이 많은 말들 중에
이 세상 모든 걸 바꿀 말이 있지

미안해요(손을 내밀어요)
용서해요(힘껏 안아줘요)
고마워요(고개를 숙여봐요)
사랑해요

미안해요(손을 내밀어요)
용서해요(힘껏 안아줘요)
고마워요(고개를 숙여봐요)
사랑해요

똑같이 말해봐요

ⓒ 이두헌

가장 많이 쓰는
단어

언젠가 국립국어원에서 우리나라 사람이 일상생활에서 가장 많이 쓰는 단어의 순위를 매겨 발표한 적이 있다. 나는 그 순위목록을 훑어보다가 '사랑'이라는 단어의 순위에서 눈을 떼지 못했다. 사랑한다는 말의 순위는 108위였다. 그 숫자를 확인하는 순간, 내 안에서는 108 번뇌가 들끓기 시작했다. TV만 틀면 온 세상이 사랑이라는 말밖에 안 하는 것 같고, 대중가요 가사의 태반이 그 단어로 도배되어 있는데, 일상의 언어생활에서 이 익숙한 단어가 고작 108등이라니. 우리가 정말 사랑하며 살고 있기는 한 것인지, 아니면 그 흔한 말조차 입 밖으로 내뱉는데 그토록 인색했던 것인지 마음이 복잡해졌다.

그런 경악과 의문이 머릿속을 떠나지 않고 있을 때, 제주올레의 새로운 코스 오픈 행사에 초대를 받았다. 문득 이제는 세계 각국의 사람이 찾아오는 세계적인 길이 되었으니, 올레를 상징하는 공식적인 주제가 있으면 좋겠다는 생각이 들었다. 내 마음을 읽기라도 한 듯, 서명숙 이사장님께서 노래를 하나 만들어 보지 않겠느냐는 제안을 주셨다. 그 말을 듣자마자 내 머릿속에는 섬광처럼 한 단어가 스쳤다. '무조건 모타운(Motown)이지.'

흑인 음악을 주류의 반열에 올린 전설적인 레이블, 모타운 특유의 경쾌한 리듬과 세련된 스타일이 세계인이 걷는 올레의 길 위에 흐르면 참 잘 어울리겠다는 확신이 들었다. 음악의 스타일을 정하고 나니, 이제 남은 것은 그 그릇에 담을 가장 중요한 가사와 메시지였다. 그때 불현듯 뇌리를 스친 것이 바로 그 사랑의 순위 '108위 사건'이었다. 그리고 마침, 그 시기에 탐독하던 '호오포노포노(Ho'oponopono)'에 관한 철학이 퍼즐 조각처럼 맞물렸다.

호오포노포노는 하와이 전통문화에서 비롯된 화해와 정화, 치유의 의식이다. 개인과 공동체 안에 생긴 모든 갈등과 상처의 원인을 '관계의 불균형'으로 보고, 책임과 용서 그리고 감사의 과정을 통해 다시 균형을 회복하자는 간결한 철학이다. 하와이도 섬이고 제주도 섬인데, 제주올레가 추구하는 '길 위에서의 회복' 또한 결국 이 지점과 맞닿아 있지 않을까? 하는 생각이 들었다. 이것은 단순히 어느 특정 지역의 전통을 넘어, 인류가 늘 염원하면서도 끝내 도달하기 어려웠던 영원한 이상향이었다.

사랑한다는 말이 108위라는 씁쓸한 사실에서 시작된 내 생각이 인류 보편의 치유로 확장되는 그 장엄한 찰나, 내 머릿속에서는 이미 노래가 완성되어 있었다. 세상의 수많은 말 중에 이 세상을 바꿀 수 있는 네 가지 마법의 주문. 미안해요, 용서해요, 고마워요, 사랑해요. 나는 이 말들을 입술이 닳도록 되뇌며 선율을 붙여 나갔다.

사실 이 가사는 세상에 던지는 외침이기 전에, 나 자신을 향한 처절한 고백이었다. 내가 가장 사랑하면서도 정작 미안하다는 말 한마디를 건네지 못했던 그 사람에게, 그리고 평생을 그렇게도 용서하고 싶었으며 또한 용서를 빌 대상이기도 했던 나의 아버지에게 들려주고 싶은 노래였다. 또한 한결같은 모습으로 내 곁을 지키며 나를 믿어주는 고마운 친구와, 무엇보다 내가 사랑하고 또 나를 사랑해 주기로 작정한 모든 인연에게 바치는 헌사였다.

노래를 만들며 나는 다시금 깨달았다. 이 네 마디 말 중에 가장 내뱉기 어려운 말은 결국 '용서'라는 사실을 말이다. 미안하다는 말은 용기 내어 할 수 있고, 고맙다는 말은 기쁘게 할 수 있으며, 사랑한다는 말은 가슴 벅차게 할 수 있다. 하지만 용서라는 것은 내 안의 미움과 상처를 온전히 덜어내야만 가능한 영역이기에, 그것은 때로 인간의 한계를 시험하곤 한다.

제주올레의 푸른 길을 걷는 수많은 발소리에 이 노래가 섞여들 때, 나는 그들이 잠시나마 이 네 마디의 주문으로 마음의 짐을 덜어내길 바랐다. 그대의 마음에 미움이 가득할 때, 끝없는 슬픔과 후회가 밀려올 때, 이 노래를 똑같이 말해보라고 권하고 싶었다. 하지만 정작 노래를 만든 나는 어떤가. 나는 오늘도 누군가를 온전히 용서하지 못하면서, 여전히 타인으로부터 용서받기만을 간절히 꿈꾸고 있다. 타인에게는 손을 내밀고 힘껏 안아주라 노래하면서, 정작 내 안의 옹졸한 미움 하나를 삭제하지 못하는 나는 얼마나 모순적인 존재인가.

오늘도 나는 스스로에게 읊조린다.

'나쁜 놈.'

이 짧은 자책이야말로 내가 '미안해요, 용서해요, 고마워요, 사랑해요'라는 말을 더 절실하게 노래하게 만드는 원동력일지도 모른다. 우리가 이 말들을 1위로 끌어올리지 못하더라도, 적어도 108번의 번뇌가 찾아올 때마다 이 네 마디를 기억할 수만 있다면 세상은 아주 조금씩 더 아름다워지지 않을까.

오늘도 나는 제주올레의 어느 길목에서 혹은 복잡한 도시의 거리에서, 내 입술에 붙은 이 노래를 흥얼거린다. 불안한 미래 앞에 서 있거나 눈앞의 모든 것이 희미해 보일 때, 나는 다시금 이 주문을 외운다.

미안해요, 용서해요, 고마워요, 사랑해요. 이 말들이 비로소 내 삶과 일치하는 그날까지, 나의 노래는 멈추지 않을 것이다. 설령 내가 끝내 용서하지 못하는 '나쁜 놈'으로 남을지라도, 이 노래를

부르는 누군가만은 사랑이라는 말이 108위가 아닌, 그의 인생에서
단연 1위가 되는 기적을 만나기를 소망해 본다.

노래 듣기

두 개의 시계

한계의 벽에 두 개의 시계가 있어
서로 다른 시간이 흐른다
빠르게 가는 시계 느리게 가는 시계
다르게 보이지만 그저 하나의 시간

무거운 시간 덧없이 가벼운 시간
서로 다른 무게의 시간들
이렇게 오는 시간 저렇게 가는 시간
다르게 보이지만 그저 하나의 시간

똑딱똑딱 똑딱 똑딱똑딱 똑딱
똑딱똑딱 똑딱 똑딱똑딱 똑딱

진실의 시간 내 안의 거짓의 시간
흐르고 머무는 순간들
슬픔에 울던 날들, 기쁨에 웃던 날들
다르게 보이지만 그저 하나의 시간

한계의 벽에 두 개의 시계가 있어
서로 다른 시간이 흐른다
빠르게 가는 시계 느리게 가는 시계
다르게 보이지만 그저 하나의 시간

똑딱똑딱 똑딱 똑딱똑딱 똑딱
똑딱똑딱 똑딱 똑딱똑딱 똑딱

우리는 그저 하나의
시간을 살아가고

유희열.

헤어진 연인에게 여전히 아름답냐고 묻는 섬세한 감성의 동명이인 음악가가 아니다.

내가 아는 유희열은 목수다. 조금 더 있어 보이게 말하자면 나무의 결속에 숨은 침묵을 끄집어낼 줄 아는 가구 작가다. 그를 만난 건 내 생의 계절이 유독 가혹하게 얼어붙었던 2007년의 어느 날이었다.

그 시절 나는 '걷지 않으면 죽을 것 같은' 병에 걸려 있었다. 발바닥이 부르트도록 걷다 보면 어느새 경기도와 서울의 경계를 넘나들었고, 어떤 날은 어딘지 모를 낯선 흙을 밟기도 했다. 그것은 살기 위한 처절한 행군이었다. 돌아오는 길은 에둘러 늘 가능하면 집에 당도하지 못할 것 같은 멀고도 험한 경로를 택했다. 익숙한 안식처인 집조차 거부해야 했던 그 위태로운 방랑길 위에서, 나는 언제나 같은 자리에 서 있던 간판 하나를 마주하곤 했다.

《커피와 공작소》.

멀리서 보면 동화 〈헨젤과 그레텔〉에 나올 법한, 과자로 지은 듯 알록달록한 목조건물이었다. 강렬한 빨간 나무문은 매번 나를 향해 손짓했지만, 나는 매번 고개를 저으며 외면했다. 어딘가에 '앉는다'라는 행위 자체가 극도의 불안으로 다가오던 시절이었다. 누군가 건네는 "안녕하세요."라는 인사 한마디에 심장이 덜컥 내려앉고, "어서 오세요."라는 호의에 무너져 내릴 것만 같던 은둔의 나날들. 그렇게 열 번쯤 그 문을 지나치던 어느 날, 나는 홀린 듯 조심스럽게 그 붉은 문을 밀었다.

마루가 깔린 긴 복도가 먼저 눈에 들어왔다. 오른쪽에서는 짙은 커피 향이, 왼쪽에서는 톱밥 섞인 그윽한 나무 향이 풍겨왔다. 문을 열자마자 타인의 시선과 마주치지 않아도 되는 그 구조가, 불안한 내 마음을 안심시켰다.

그날 이후, 이곳은 무작정 걷기라는 내 불치병을 완치시킨 '마음의 공작소'가 되었다. 카페 쪽 문을 열면 숙희 언니가 있었다. 그녀는 결코 과하게 친절하지 않았다. 불친절해서가 아니라, 그저 불필요한 표정과 말을 심하게 걷어냈을 뿐이었다. 그곳의 가구는 모두 주인을 닮아 있었다. 하나같이 직각이고 두꺼웠으며 투박할 정도로 무거웠다. 유희열의 그 섬세한 손길이 곡선을 만들 줄 몰라서가 아니었을 것이다. 그는 나무의 본질을 다치게 하지 않고 그 무게를 온전히 남겨두려 했던 것이리라. 나는 그 불편하리만치 정직한 가구 위에 앉아 커피를 마셨다.

“아무도 내게 말을 걸지 말아 주세요.”

눈빛으로 성벽을 쌓고 살아가던 나에게, 그곳은 아무것도 묻지 않는 유일한 성소(聖所)였다. 왔느냐고, 혹은 가느냐고 묻지 않는 것. 때로 누군가에게 말을 걸지 않는 것이 가장 깊은 호의임을 나는 그 작은 카페에서 배웠다. 그렇게 나는 조금씩 어딘가에 ‘앉아 있는 시간’을 견뎌내기 시작했다.

어느 정도 안정을 되찾았을 무렵, 내가 먼저 꽁지머리를 한 그에게 말을 걸었다. “스피커 스탠드를 나무로 한 조 만들어 줄 수 있을까요?”

그는 내 질문에 전혀 엉뚱한 대답을 내놓았다. “처음 오셨을 때부터 알고 있었어요.”

그가 알았다는 ‘그것’이 무엇인지 그는 끝내 말하지 않았다. 그저 내 이름을 나지막이 부르더니 이내 스탠드 이야기로 화제를 돌렸다. “언제 완성될지는 모르니 그저 잊고 계세요.” 그 무심한 약속을 어기면 금방이라도 나무 분쇄기에 던져질 것 같은 기분 좋은 협박 속에, 나는 기약 없는 기다림을 시작했다.

그리고 어느 날, 그는 아무런 예고 없이 눈부시게 아름다운 작품 하나를 내밀었다. 그것은 단순한 가구가 아니라 치유의 결정체였다. 그가 만든 나무 스피커 스탠드 위에서 음악은 비로소 숲이 되어 울려 퍼졌고, 나는 비로소 타인에게 "안녕하세요."라고 말할 수 있는 사회적 존재로 복귀했다. 그리고 그에게 부탁했다. 이곳에서 음악회를 하게 해달라고.

가구로 가득 찬 그 공간에서 나는 오래간만에 내 목소리를 내어 노래를 불렀다. 나는 구원이 오직 교회에만 있다고 믿지 않는다. 이천 년 전 갈릴리 호숫가에서 병든 자와 쫓겨난 자들의 손을 잡아주던 이도 목수였다. 목수의 근원적인 소명은 어쩌면 세상을 수리하는 구원자일지도 모른다. 귀신 들린 자가 처음 뱉어내는 말이 어찌 정중하고 정돈될 수 있겠는가. 나의 이 궤변을 당신들은 이해해야 한다.

인사동에서 그의 전시가 열리던 날, 나는 그의 작품 앞에 멈춰 섰다. 고물 시장의 오래된 괘종시계 두 개를 해체해 나무를 입혀 만든, 한 몸에 '두 개의 시계'가 달린 작품이었다. 두 시계는 늘 다른 시간을 가리켰다. 하나는 늘 빠르게, 하나는 늘 느리게. 하지만 그들은 결국 '벽'이라는 하나의 한계에 박혀 단 하나의 시간을 향해 가고 있었다. 그것은 내 안의 진실과 거짓, 슬픔과 기쁨이 다르게 보일지언정 그저 생(生)이라는 하나의 시간으로 흐른다는 무언의 위로였다.

지금은 나 대신 그가 병에 걸렸다. 17년 만에 전염된 '걷는 병'. 일주일 중 닷새를 길 위에서 떠돌다가 이틀만 집으로 돌아오는 그를 보며, 나는 우리네 시간이 교차하는 지점을 본다.

나는 지금 그가 만든 거대한 나무 동굴 《책가옥》에서 이 글을 쓴다. 상처 입은 은둔자였던 나는 이제 꽤 친절한 사람이 되어 타인을 맞이한다. 나의 시계는 여전히 그의 시계보다 조금 빨리 가고 있지만, 상관없다. 우리는 같은 벽에 걸려, 그저 하나의 시간을 살아가고 있으니까.

노래 듣기

그대였으면

그대였으면 내 꿈속에
단 한 사람이라면
기쁠 때나 슬플 때도

그대였으면

긴 슬픔에 상처만 남은 나에게
햇살처럼 다가온 그대였기에

세상 끝날 때까지 나의 곁에서
모자란 내 사랑 받아주기를

두 손 모아 간절히 나는 기도해
나의 참사랑 오직 그대였으면

둘도 없는 나의 친구

노래의 주인공과 처음부터 부부가 될 인연이 아니라면, 곡을 쓰는 이들은 대개 곤란한 상황에 직면하곤 한다. 특히 그 노래가 대중에게 꽤 알려진 곡이라면 사태는 더욱 복잡해진다. 마치 매일 텔레비전에 등장하는 유명 배우가 사실은 나의 옛 연인이었고, 이제는 그만 보고 싶은데 출연작마다 공전의 히트를 기록하며 온 세상에 그 얼굴이 걸리는 난감한 상황과 비슷하다랄까.

아내는 늘 내게 묻곤 한다. "그 노래는 또 어떤…." 이 대목에서 지성과 교양을 겸비한 나의 아내가 'ㄴ'으로 시작하는 어떤 날카로운 단어를 문장 사이에 섞었을 것이라 짐작한다면 그것은 커다란 오산이다. 바다와 같은 너른 품을 지닌 그녀가 그토록 옹졸할

리 없기 때문이다.

하지만 살짝 고개를 왼쪽 15도 방향으로 꺾어 지난 시간을 반추해 보니, 깊은 탄식과 함께 절로 고개가 떨구어진다. 그렇구나. 정작 당신을 위한 노래는 없었구나. 왜 그랬을까? 늘 나를 완벽하게 지지하고, 내가 하는 모든 일이 결국 옳을 것이라 믿어주는 아내를 나는 너무나 당연한 풍경처럼 여겼다. 단무지를 더 달라고 요청하지 않으면 결코 먼저 내어주지 않는 중국집 사장처럼, 나는 매사에 불친절하고 인색한 사랑꾼이었다.

하지만 그 부끄러운 자각의 끝에서 나는 깨달았다. 지금 내 앞에서 나를 오롯이 바라보는, 나와는 모든 면에서 정반대인 이 한 여자를 내가 얼마나 깊이 경외하고 사랑하고 있는지를. 생각이 이쯤에 이르자 텅 비어 있던 악보는 비로소 음표로 출렁이기 시작했다. 음악은 일사천리로 완성되었으나, 문제는 가사였다. 함께 살아온 세월의 길이에 반비례하는 것처럼 단어는 입술 끝에서 자꾸만 주춤거렸다. 심사숙고 끝에 써 내려간 문장이라면 차라리 수긍하겠으나, 아예 이야기조차 생성되지 않는 이 기이한 정체(停滯) 현상은 도무지 이해할 수 없었다.

어느 정도 시간이 흐르고 나서야 봇물 터지듯 가사가 터져 나왔는데, 아! 결과물은 민망할 정도로 유치했다. 흔하디흔한 빨간 장미 한 송이 등장하지 않고, 고뇌하는 '못난 나'의 자아 성찰도 없이, 그저 상투적인 말들만이 건조하게 똬리를 틀고 앉아 있었다.

차마 눈 뜨고 볼 수 없어 하루를 묵혀두고 다음 날 다시 꺼내 보니, 그것은 어제의 글이 아니었다. 아니, 이렇게 투명하게 솔직하고 오글거리는 진심을 내가 정말 썼단 말인가?

삐뚤빼뚤하게 적어 내려간 손 글씨 가사 사이로 지난날의 편린이 스멀스멀 걸어 나왔다. 마치 죽은 진시황을 영원히 수호하는 병마용(兵馬俑)처럼, 과거의 기억이 나를 에워싸고 서늘한 으름장을 놓는 듯했다. '그동안 왜 이토록 무심했느냐'라고.

14년간의 첫 번째 결혼 생활에 마침표를 찍고 난 후, 나는 심연의 바닥을 긁으며 방황했다. 모든 것이 정교한 거짓말 같았고, 자고 일어나면 다시 모든 것이 제자리로 돌아가 있는 것이라는 어리석은 망상만이 나를 지배했다. 하지만 기적 같은 회복은 일어나지 않았다. 나약하게도 '아! 옛날이여'를 되뇌며, 매일 술과 슬픔을 일대일의 비율로 섞어 마시는 자학의 나날이 이어졌다.

그 무렵, 내가 늘 허세를 부리던 서래마을의 와인바《뚜르뒤뱅》에서 호탕함을 화려한 비단옷처럼 걸치고 '불행 따위는 모른다'라는 연기를 펼치던 어느 날이었다. 함께하던 일행 중 한 사람이 친구를 불러도 되겠냐고 물었고, 잠시 후 그녀가 합류했다. 낯선 남자의 자리에 엉거주춤 앉게 된 그녀의 표정은 마치 가훈이 부킹이라는 한강 나이트의 웨이터 박찬호에게 끌려온 사람처럼 어색하고도 무거웠다.

그날 우리는 그저 술잔 하나를 사이에 둔 타인으로 만났다. 하지만 훗날 알게 된 사실은 놀라웠다. 생면부지인 줄 알았던 그녀가 실은 나와 서든 캘리포니아 대학 음대 동문이었고, 심지어 내 큰아이의 돌잔치에 모였던 수많은 유학생 인파 속에도 섞여 있었다는 것이다. 그녀의 박사 졸업과 나의 석사 입학 시기가 겹쳐 미국에서는 접점이 없었지만, 그녀는 그 와인바의 첫 만남 이전부터 이미 나라는 존재를 인지하고 있었다.

그녀는 늘 정적(靜的)이었다. 말하기보다는 온 마음을 다해 듣는 쪽을 택하는 사람이었다. 자기 얘기를 먼저 꺼내는 법이 없어, 나는 유적을 발굴하는 고고학자처럼 그녀의 내면을 조심스럽게 탐사해야 했다. 좌충우돌하던 시기에 만났으니, 우리의 대화 장소는 늘 술기운이 감도는 공간이었다. 내가 지분이라도 가진 줄 오해받을 만큼 드나들던 청담동의 가라오케에서 나는 매일 밤 자의식의 과잉 속에 휘청거렸다. 지금 돌이켜보면 참으로 어리석고 한심한 침잠의 시기였다. 그 소란스러운 혼돈의 시간을 그녀는 묵묵히 지켜봐 주었다. 결코 내 내밀한 영역으로 각별하게 침범하려 들지 않으면서도, 칠흑 같은 어둠 속에 홀로 선 가로등 하나처럼 조용히 불을 밝히고 서 있었다.

우리의 첫 드라이브 데이트의 목적지는 횡성의 어느 허름한 순댓국집이었다. 강림 순대. 시골집 구들방에 마주 앉아 김이 모락모락 나는 순댓국을 기다리는데, 그녀는 거침없이 '내장 추가'를 외쳤고 나는 조심스레 '순대만'을 주문했다. 내장과 머릿고기를 추

© 이두헌

가하는 여자라니. 그 예기치 못한 반전은 그녀가 지닌 조용하지만 강렬한, 일종의 섬뜩한 매력이었다. 지방까지 차를 몰고 내려가 고작 순댓국 한 그릇을 비우고, 인근 카페에서 차 한 잔을 마신 뒤 당일로 복귀한 이 지독하게 건전한 만남 이후, 나는 그녀를 사랑하게 되었다.

하지만 말이 좋아 사랑이지, 나는 무던히도 그녀의 속을 썩였다. 내가 저지른 가장 큰 죄는 '당연하게 여긴 죄'였다. 그녀가 내게 베푸는 모든 헌신과 배려를 나는 마땅히 누려야 할 권리처럼 수용했다. 나의 그 오만함과 폭압을 그녀는 무려 몇 년을 견뎌냈다. 그러다 백 번 중에 딱 한 번, 그녀는 떠나겠다는 말로 불만을 토했다. 그때 나의 대답은 아무렇지 않게도 "그래, 가라."였다.

잠시, 아주 잠시 그녀가 내 곁을 떠났던 적이 있다. 하지만 그녀는 어느 순간 돌아왔다는 선언도 없이 다시 내 곁에 머물고 있었다. 나의 볼꼴 못 볼 꼴을 다 지켜보며 말없이 자리를 지켜준 그녀와 기흥구청에 가서 혼인 신고를 마친 것은, 처음 만난 뒤 무려 15년이 흐른 뒤였다. 아내는 늘 말한다. 자신이 꿈꿔온 이상적인 남편은 '존경할 수 있는 대상'이면서 동시에 '둘도 없는 친구'였다고.

그 말을 들을 때마다 나는 얼굴이 화끈거린다. 둘도 없는 나의 친구에게 이토록 과분한 존경을 한 몸에 받으며 살고 있으니, 이 지극한 은혜를 남은 생 동안 어떻게 갚아야 할지 늘 고민이다.

햇살처럼 다가온 그대, 세상 끝날 때까지 모자란 내 사랑 꼭 받아주기를.

영희 씨, 진심으로 사랑합니다.

노래 듣기

그녀의 그림 속엔

녹슨 대문을 지나서
좁은 골목을 걷네
하늘에 희미하게 떠 있는
달빛은 무슨 의미일까?

파란 지붕들 사이로
금빛 불빛이 켜질 때
은은한 종소리가 들린다
아련한 슬픔이 떠오른다

아름다운 날들이여
그녀의 그림 속 나른한 오후여
아름다운 추억이여
그녀의 그림 속 외로운 골목길

녹슨 대문을 지나서 노란 가로등 아래
오래된 이야기가 흐른다
그녀의 그림 속엔

그림 속 박제된
나의 골목

강남에서 한남대교를 건너 강북으로 향할 때면, 내 시선은 어김없이 왼쪽 창가로 기울곤 했다. 가파른 산비탈을 따라 위태로우면서도 촘촘하게 뿌리 내린 집들. 한남동 산동네는 내게 단순히 낙후된 지역이 아니었다. 언덕 가장 높은 곳에서 이정표처럼 세상을 굽어보던 교회와 해가 질 녘 골목마다 온기를 불어넣던 노란 가로등. 파란 지붕 아래 손수레를 밀며 생의 가파른 고개를 넘던 노인의 굽은 등까지, 그곳은 축축한 현실이기보다 차라리 정갈하게 쓰인 한 편의 서사였다.

미술가 정보연은 오랫동안 그 비탈진 풍경만을 화폭에 담았다. 불화 작가였던 아버지 곁에서 어린 시절부터 금박을 입히며 익힌 그녀의 정교한 붓끝은 예사롭지 않았다. 그녀가 맑고 푸른 색조로 길어 올린 골목길은 보는 이를 다정하게 껴안는 힘이 있었다. 삶이 유독 고단했던 시절, 그녀의 그림 속에 켜진 가로등은 내게 말로 다할 수 없는 구원이었다. 어두운 터널 속에서 누군가 불을 밝히고 나를 기다려준다는 그 막연하지만, 단단한 안도감이 그 파란 지붕들 사이에 녹아 있었다.

2011년, 유희열 작가의 목공방에서 작은 공연을 열었다. 긴 터널을 지나 정신적으로나 경제적으로 조금씩 평온을 되찾아가던 시기였다. 얼굴에 드리웠던 짙은 그늘이 걷히고 웃음이 잦아지던 무렵이었다. 평소에는 공방 옆 작은 카페에서 혼자 노래하곤 했지만, 그날은 무슨 고집이었는지 거친 목공방 안을 무대로 삼자고 졸랐다. 나무를 켜는 육중한 기계들, 사방에 흩어진 작가의 손때 묻은 작업 도구, 그리고 톱밥 냄새를 닮은 '죽었으나 살아있는' 나무의 향기가 가득한 그 투박한 공간에 악기가 자리를 잡았다.

평소와 달리 밴드와 호흡을 맞추기로 했던 그날, 문득 정보연 작가가 떠올랐다. 정성 어린 그림으로 내게 위로를 건넸던 그녀에게 늘 마음의 빚이 있었다. 나도 이제는 내 방식의 선물을 건네야겠다는 생각이 스쳤다. 그녀가 붓으로 마음길을 냈듯, 나도 음표로 길을 만들고 싶었다. 공연 시작 전, 공방의 톱밥 가루가 공중을 부유하던 그 찰나의 순간에 멜로디와 문장이 한꺼번에 쏟아져 내렸다. 나는 홀린 듯 그것들을 악보 위에 옮겨 적었다.

막다
ㄴ트길

공연 시작을 불과 한 시간 앞두고, 잉크도 채 마르지 않은 악보가 보컬 미란에게 전해졌다. 생소하고 난해한 곡이었음에도 그녀는 막힘없이 악보를 읽으며 노래하기 시작했고, 밴드는 마치 오래전부터 합을 맞춘 듯 유려한 반주를 얹었다. 나무 향 가득한 공방의 거친 질감 사이로, 오래된 대문을 열고 좁은 길을 따라 걷는 한 남자의 이야기가 음악이 되어 흘러나왔다. 공연이 끝나고, 나는 그 뜨거운 온기가 남은 악보를 둘둘 말아 정보연 작가에게 무심히 건넸다.

내게는 유별난 습관이 하나 있다. 노래를 만들면 그 영감의 주인에게 원본 악보를 통째로 주어버리는 것이다. 훗날 음반에 실린 곡은 내 목소리에 맞춘 G장조였지만, 그날 그녀의 손에 들려 보낸 것은 미란의 목소리에 맞춘 E장조의 악보였다. 이 노래의 태동이 담긴 원본은 이제 내게 없다. 하지만 곡이 태어난 이유가 된 그 주인에게로 돌아갔다는 사실만으로도 나는 충분히 만족했다.

시간은 언제나 무자비하게 흐른다. 어느덧 2026년, 언덕 꼭대기에서 마지막 자존심처럼 버티던 한광교회마저 철거되었다는 소식이 들려왔다. 한남대교를 건너며 바라보던 그 오밀조밀하고 다정했던 풍경은 이제 영영 지도를 이탈했다. 사라진 자리가 그저 비어 있다면 기억이라도 온전히 보존하련만, 그 산비탈에는 곧 거대한 자본이 세운 고급 아파트 단지가 들어설 것이라고 한다.

노란 불빛 아래 낡은 이야기들이 흐르던 골목, 파란 지붕 사이로 은은하게 번지던 교회 종소리, 나른한 오후의 슬픔까지도 이제는 굴착기 날 아래 뭉개져 버렸다. 골목이 사라진 서울의 비탈에서 사람은 더 위태로워질 것이다. 굽이진 길을 돌며 서로의 안부를 묻던 온기 대신, 높게 솟은 담장과 차가운 디지털 도어록이 그 자리를 대신할 것이기 때문이다.

이제 그녀의 그림 속에만 박제된 나의 골목을 생각한다. 낡은 문을 열고 가로등 아래를 소리 없이 걷던 그 서늘하고도 온화했던 기억을. 비록 현실의 흙바닥은 뒤집히고 창 너머 금빛 불빛은 꺼졌을지언정, 내가 그녀에게 건넨 종이 뭉치와 그녀가 내게 준 캔버스 속에는 여전히 아련한 슬픔과 아름다운 날들이 숨 쉬고 있을 것이다. 사라지는 것은 아름답다지만, 그 소멸을 지켜보는 일은 늘 마음 한구석을 시리게 한다.

나는 오늘도 버스 차창 너머로 텅 빈 비탈을 응시하며, 오직 내 마음속에만 존재하는 그 길을 걷는다. 다행이다, 그림 속에라도 남아 있어서. 비록 악보는 내 손을 떠났지만, 그날 공방의 톱밥 냄새와 함께 피어올랐던 그 선율만큼은 지금도 내 귓가에 선명히 맴돌고 있다.

노래 듣기

우연

눈물이 흘러내리네
떠나는 그대를 보며
무거운 발자욱 소리
사랑이 떠나가네

이별은 오고 말았네
피할 수 없는 운명처럼
함께 걷던 이 길 위에
사랑이 쓰러져 있네

그대 나를 떠난 후에도
아프지 않길
다시 누굴 만나도 행복하기를

익숙한 이 길을 걷다
우연히 만나더라도
그대는 알지 못하리
우연이 아니었음을

세상에서 가장 아픈 매는 맞을 것을 전혀 예상하지 못하고 맞는 매다. 설마 하는 사이에 날아오는 예상치 못한 공격은 생각보다 고통스럽다. 몸의 방어 기제가 미처 작동하기도 전에 날아든 일격은 타격 그 이상의 굴욕과 파동을 남긴다.

터무니없는 이별을 통보해 본 적이 있다. 통보받은 사람에겐 그야말로 불의의 일격이었을 이런 알림은, 사실 전하는 사람에게도 고통스러운 일이다. 먼저 이별을 고했다고 해서 승자가 되지 않는 게임이 바로 사랑이다. 같은 이유로 먼저 입을 뗐다고 승자가 되지 않는 유일한 게임도 이별이다. 사랑은 본래 순서가 어떻든 이기고 지는 싸움이 아닌데, 이별을 직전에 둔 사랑은 늘 이 통보의

© 이두헌

‘순서’가 생의 마지막 자존심이라도 되는 양 더 큰 싸움을 벌이게
된다. 누가 먼저 버렸는가, 누가 더 아픈가 하는 유치하고도 처절
한 공방전 말이다.

예상치 못한 이별의 펀치를 맞고 휘청이던 어느 날이었다. 내
가 누구에게 어떤 펀치를 맞고 이 꼴이 되었는지조차 궁금하지 않
은 한 어린 여자를 만났다. 그녀는 막 음대에 입학한 피아니스트였
다. 보통 이런 서술의 이즈음에 등장해야 할 형용사는 ‘당돌했다’
여야 하겠지만, 그녀는 당돌함과는 거리가 먼, 설명하기 힘든 독특
한 세계의 소유자였다. 스무 살이나 차이가 나는 아저씨를 전혀 어
려워하지 않았을뿐더러, 그녀의 표현이나 고백 같은 것들은 내 예
상보다 훨씬 정제되어 있었다. 무엇보다 음악가로서 야심만큼이나
뛰어난 음악적 재능을 지니고 있었다.

이 이야기를 더 풀어가기 전에 꼭 해야 할 중요한 말은, 우리
가 소위 말하는 ‘사랑’을 했다거나 남녀 관계가 아니었다는 점이
다. 그럼, 뭐 하러 시시하게 이런 얘기를 쓰고 있느냐고 묻는다면
나는 되레 이렇게 묻고 싶다.

“시시하지 않으려면 어떻게 해야 했을까요?”

살아보니 세상엔 그냥 가슴만 아린 그리움이 많았다. 이루어
질 수 있느니 없느니 하는 그런 단순한 단어로는 도저히 설명이
안 되는 사랑이 내 삶 전반에 무수히 지나갔음을 나만 알고 있으
니, 남에겐 시시해 보일지 몰라도 내겐 하나하나 생의 소중한 조각

이다. 지금은 할머니가 되어 요양원에 있을지도 모르는 사람도 홀로 그리워해 봤고, 그보다 더 입 밖에 내기 힘든 사람과의 그리운 감정도 나를 스쳐 갔다.

하지만 어떤 감정은 유독 바람만 불어도 아프다. 그냥 5월의 푸른 바람이 불어도 살을 에는 듯한 칼바람처럼 느껴진다. 아무렇지도 않을 수 있어서 너무나 아팠던 사랑. 고무줄놀이하는 아이의 울음이 보고 싶어 가위로 줄을 싹둑 잘라버리던 가학적인 소년처럼, 나는 내 안의 어둠을 끄집어내어 그 사랑으로부터 뒤돌아섰다. 그리고, 아무 일도 일어나지 않았다. 눈물도, 한숨도, 아니 그 어떤 감정의 동요도 일어나지 않던 진공의 시간.

함께 걷던 그 길 위에 쓰러져 있던 것이 사실은 사랑이었음을 깨달은 것은 한참의 세월이 흐른 뒤였다. 이제야 불이 붙을 만큼의 산소가 그 진공의 시간 속으로 비집고 들어온 이후였다. 산소가 닿자마자 과거의 기억은 뒤늦게 화염에 휩싸였고, 나는 그제야 내가 무엇을 던져 태워버렸는지 깨달으며 오열했다.

어이없게도 사랑이 쓰러진 그 길을 나는 자주 혼자 걸었다. 그리고 단 한 번도 그녀를 다시 만난 적은 없다. 우연히라도 만나면, 사실 이 우연은 내가 이 길을 수만 번 서성인 끝에 만들어낸 '우연이었음'을 말해주고 싶었는데, 그런 기적 같은 일은 일어나지 않았다.

세상은 늘 그렇게 나의 예상과는 다르게 흐른다. 내가 가위로

잘라버린 것은 고무줄이 아니라, 내 생의 소중한 페이지였음을, 다
시 만날 수 없는 길 위에서 깨닫는다.

시시하게도.

노래 듣기

안개꽃

내 마음에 하얗게 눈이 내리고
누군가 처음으로
발자국을 내던 날

안개꽃 피었네

새하얀 꽃, 바람에 흩어져 가고
누군가 처음으로
사랑을 말하던 날

안개꽃 피었네

그대의 가슴속에 슬픔이
이젠 이별을 말하고
사랑 그 아름다운 이름만
가슴에 가득하여

내 마음에 하얗게 눈이 내리고
누군가 처음으로
발자국을 내던 날

안개꽃 피었네

슬픔의 구성 물질

꽃집 주인이 장미 곁에 안개꽃을 끼워 팔기로 한 그 최초의 결심은 누구의 머릿속에서 나온 것일까? 참 별것도 아닌 것을 궁금해한다는 핀잔을 자주 듣곤 하지만, 내 의문 리스트 중 꼭 알고 싶은 미스터리 하나가 바로 이것이다.

우리는 안개꽃이 일약 스타가 된 시대를 건너왔다. 이유도 없이 안개꽃에 주목을 보내고, 그 가녀린 꽃송이에 찬사의 시를 읊던 이상한 세상이 잠시 도래했었다. 곁에서 조용히 분위기를 완성하는 조연 같은 꽃. 생긴 것답게 꽃말도 '순수'인, 감히 내가 판매량에 일조했다고 믿는 장미의 영원한 무수리. 내게 안개꽃은 그저 고작 그런 꽃이었다.

아버지가 돌아가시고 맞이한 첫 겨울 새벽, 나는 술에 취한 채 홀로 작업실에 앉아 있었다. 창밖 가로등 아래로 흩뿌리던 눈발이 거세지더니 이내 작업실 앞 작은 공원이 흰 눈으로 뒤덮였다. 순간 취기가 오른 두 눈에 그 눈송이가 모두 안개꽃으로 보이기 시작했다. 아직은 아무도 밟지 않은 순수한 땅에 소복이 쌓인 흰색의 향연은 그 자체로 감격이었다.

문득 그런 생각이 들었다. 붉은 장미가 주인공처럼 군림하는 꽃다발에 안개꽃이 섞이는 순간, 장미의 화려함은 어딘가 천박해 보이기도 한다. 장미의 그 노골적인 아름다움을 역설적으로 폭로하기 위해 꽃집 주인은 안개꽃을 선택한 것일까? 원래 아름답다는 것은 늘 반쯤은 천박한 법이다.

같은 액체가 내려도 눈과 비는 그 소리가 다르다. 비의 무게는 대지나 나뭇가지와 부딪히며 특유의 요란한 소리를 내지만, 눈은 세상의 어떤 모서리와 맞닿아도 크게 소리를 내지 않는다. 소리 없이 눈물을 참아내는 듯한 그 처연함이 나는 늘 좋았다.

그 새벽, 나는 언젠가 내 안의 슬픔이 내게 이별을 고하는 날이 오기를 기다리고 또 기다렸다. "인제 그만 너를 떠나려 해. 나는 이제 나를 반기는 다른 이에게 슬픔을 전하러 길을 떠날게." 떠나려는 것을 억지로 붙잡는 것은 예의가 아니다. 떠나려는 것이 가려는 그 어려운 길을 우리는 오히려 칭찬해야 한다. 그렇게 눈 내리던 새벽 슬픔은 잠시 나를 떠나갔다.

© 서현덕

슬픔의 구성 물질 중 절반 이상은 '후회'라는 것을 안 것은 조금 나중의 일이다. 결국 슬픔이 줄었다는 것은 내 안의 후회가 작아졌다는 뜻이기도 하다. 어느 날부터인가 나는 더는 후회하지 않기로 했다. 아니, 후회가 적어졌다고 말하는 편이 더 정직하겠다. 그날 새벽, 내 눈에 안개꽃 다발로 보이던 하얀 눈 위로 나의 후회도, 슬픔도 조용히 가라앉았다.

여전히 안개꽃 같은 눈이 내리는 겨울이다. 이제는 서울 하늘 아래 누구도 밟지 않은 눈길을 찾는 일이 예전만큼 쉽지 않다. 그럼에도 누군가와 함께 걷고, 또 그 길을 밟으며 이제는 그만 우리 모두 슬픔과 이별하기를 바란다. 장미의 화려함 뒤에 숨어 조용히 세상을 정화하던 순수한 안개꽃처럼, 우리의 슬픔도 그렇게 고요하게 흩어지기를.

누군가의 발자국이 내 마음에 처음으로 남던 날, 그 설렘은 안개꽃처럼 하얗게 피어났다. 슬픔은 이제 그만 내게 이별을 말하고, 오직 사랑이라는 그 아름다운 이름만이 가슴에 가득하기를 소망한다. 내 마음의 눈 내리는 풍경 속에 피어난 안개꽃처럼, 우리의 생도 그렇게 소란스럽지 않게, 그러나 눈부시게 하얀 발자국을 남기며 흘러가기를.

노래 듣기

나는 나이기에 아름다운 것

나는 나이기에 아름다운 것
나다운 나는 정말 아름다운 것
나는 나이기에 아름다운 것
남다른 나는 정말 아름다운 것

이 세상 그 어디에도 날 닮은 난 없어
그 누구도 나를 대신할 순 없어

나는 나 나는 나 나는 나 아름다운 나
나는 나 나는 나 나는 나 나는 나

너는 너이기에 아름다운 것
너다운 너는 정말 아름다운 것
너는 너이기에 아름다운 것
남다른 너는 정말 아름다운 것

이 세상 그 어디에도 널 닮은 넌 없어
그 누구도 너를 대신할 순 없어

너는 너 너는 너 너는 너 아름다운 너
너는 너 너는 너 너는 너 너는 너

이 세상 그 어디에도 날 닮은 난 없어
그 누구도 나를 대신할 순 없어

나는 나 나는 나 나는 나 아름다운 나
나는 나 나는 나 나는 나 아름다운 나

너는 너 너는 너 너는 너 아름다운 너
나는 나 나는 나 나는 나 나는 나

아름다운 나

© 이두헌

사람이 가장 모르는 것

나는 누구일까?

　이 질문은 너무 오래 우리 곁에 머물렀던 탓에, 자주 쉽게 입에 오르내리지만 정작 정답을 마주했다는 사람은 드물다. 우리는 타인이라는 낯선 행성에 대해서는 놀라울 만큼 단정적인 깃발을 꽂곤 한다. "내가 널 잘 알아서 하는 말인데." 이 문장은 일상의 대화 속에서 아무런 저항 없이 통용된다. 그러나 그 칼날 같은 문장이 자기 자신을 향하는 순간, 우리는 깊은 수렁에 빠진 듯 머뭇거리게 된다. "내가 나를 잘 알아서 하는 말인데." 이 말은 쉽게 입밖으로 나오지 않는다. 혹시라도 이렇게 말하는 사람이 있다면, 그는 자기도취에 빠진 나르시시스트이거나 혹은 지독하게 오만한

자로 낙인찍히기에 십상이다. 그래서 우리는 '나'라는 고유한 영토를 설명하기보다, 자신을 무채색의 군중 속에 유보한 채 타인의 일원으로 섞여 들어가는 편을 택한다.

사람이 가장 모르는 것이 자기 목소리와 자기 얼굴이라는 말은 단순한 비유가 아니다. 실제로 우리는 녹음기에서 흘러나오는 자신의 목소리를 생경해하며 밀쳐내고, 낯선 각도에서 포착된 사진 속 자기 얼굴을 오래 응시하지 못한다. 마땅히 세상에서 가장 친밀해야 할 '나'라는 존재는, 역설적으로 가장 이질적이고 불편한 타자로 다가온다. 그것은 어쩌면 우리가 나를 나의 시선으로 정면 돌파하며 바라보는 법을 배운 적이 없기 때문일지도 모른다. 우리는 늘 타인의 망막을 거쳐 굴절된 모습으로 자신을 확인하고 이해하려 하기에, '나'라는 본체는 늘 설명되지 않은 채 미지의 세계에 남겨진다.

나는 어쩌면 너무 가까이 있어서 보이지 않는 속눈썹 같은 존재다. 너무 오래 한 몸으로 살아왔기에 굳이 정의하지 않아도 무방하다고 치부된다. 그러나 정작 생의 근원적인 질문 앞에서 우리는 자주 서늘한 침묵을 마주한다. 나는 어떤 사람인가. 무엇을 좋아하고, 무엇을 끝내 버리지 못해 가슴 한구석에 쟁여두는 사람인가. 무엇 앞에서 유난히 비겁하게 흔들리고, 또 무엇 앞에서는 죽음을 무릅쓰고라도 물러서지 않는 사람인가. 이런 질문은 대개 삶의 속도가 느려질 때, 혹은 우리가 거대한 상실 앞에 홀로 던져질 때야 비로소 그 낯선 모습을 드러낸다. 그리고 그런 고독한 멈춤의 순간에 문득 벼락같은 깨달음이 찾아온다.

이 세상 그 어디에도 나와 같은 사람은 단 한 명도 없다는 사실. 그 누구도 나의 슬픔과 기쁨을 온전히 대신 살아내 줄 수 없다는 명징한 사실 말이다.

이 문장은 따스한 위로처럼 들리지만, 실은 냉정한 책임에 가깝다. 내가 이 자리에 실존하는 한, 나의 삶은 결코 공백으로 남을 수 없으며 그 누구로도 대체될 수 없는 고유한 궤적이다. 나는 이미 하나의 거대한 공간이며, 지워지지 않는 유일한 흔적이다. 그래서 "나는 나이기에 아름답다."라는 말은 자신을 기만적으로 치켜세우는 찬사가 아니다. 그것은 타인과의 소모적인 비교를 여기서 멈추겠다는 단호한 선언이며, 대체 불가능한 나의 고독을 기꺼이 받아들이겠다는 비장한 고백이다.

'나다움'은 가꾸어진 노력의 결과물이 아니라, 생을 가로지르며 남긴 이동의 흔적이다. 나라는 존재의 삶이 어떤 임계점에 도달했을 때, 변화와 이동이라는 수단을 통해 스스로를 갱신하며 걸어온 길이 바로 나를 정의한다. 살아오며 피하지 못했던 선택, 무의식적으로 반복해 온 태도, 그리고 수없이 고치려 애썼으나 끝내 바뀌지 않고 뼈처럼 남겨진 천성적인 성향. 그것들은 종종 나를 불편하게 만들고, 때로는 나 스스로에게 깊은 실망을 안겨주기도 한다. 하지만 그 허물 많고 울퉁불퉁한 대지 위에 덧칠된 시간의 겹이야말로 진짜 '나'를 구성하는 지층이다. 나다움은 매끄럽게 다듬어진 장점만으로 이루어지지 않는다. 오히려 부끄러웠던 밤의 통곡과 어설펐던 청춘의 실패가 뒤섞여 지금의 나라는 무늬를 완성한다.

그래서 '남다름'은 필연적으로 고독의 냄새를 풍긴다. 남과 다르다는 그것은 종종 자신을 끊임없이 설명해야 하는 피로한 일이 되고, 다수를 향해 나를 설득해야 하는 외로운 투쟁이 되기도 한다. 다수가 안온하게 선택한 길에서 한 발 비켜 서 있다는 사실은 매 순간 용기를 요구한다. 그런데도 나를 부정하지 않는 태도, 남과 같아지기 위해 나의 모서리를 깎아내지 않는 결연한 마음, 아름다움은 바로 그 저항의 자리에서 비로소 개화한다.

이 자각이 어느 지점을 지나 타인에게로 확장될 때, 우리는 비로소 '너'라는 존재에게도 진심 어린 문장을 건넬 수 있게 된다. 나의 유일성이 소중하다는 것을 처절하게 깨달은 사람만이, 타인의 유일성 앞에 함부로 잣대를 들이대지 않는 법이다. 나를 대신할 수 있는 존재가 지구상에 없다는 진실을 아는 이만이, 내 눈앞의 타인 역시 누구로도 대체할 수 없는 신성한 우주임을 인정하며 고개를 숙인다. "너는 너이기에 아름답다."라는 말은 값싼 호의가 아니라, 고통스러운 자기 이해를 거친 자만이 구사할 수 있는 최고의 예우이자 이해의 언어다.

결국 "나는 나다."라는 말은 세상에서 가장 단순한 문장이면서, 동시에 평생을 바쳐도 도달하기 어려운 지고의 고백이다. 우리는 평생을 수없이 비교당하고, 타인을 흉내 내고, 자신의 정체성을 끊임없이 의심하며 살아간다. 더 나은 누군가가 되기 위해 자신을 채찍질하지만, 그 과정에서 종종 지금 이 자리에 있는 '날것의 나'를 부끄러워하며 숨기곤 한다. 그러나 아이러니하게도 온갖 풍파를 겪고 다시 돌아오게 되는 마지막 종착지는 늘 처음의 '나'다.

그래서 생의 마지막에 남는 문장은 이토록 명료하고 단순해진다.

나는 나다. 나는 나이기에 아름답다.

이 거창하지 않은 사실 하나만으로도, 오늘의 나는 충분히 존재할 이유를 갖는다. 내가 걸어온 이 발자국이 비록 비틀거릴지언정, 그것은 지구상에서 오직 나만이 남길 수 있는 유일한 흔적임이 틀림없기 때문이다.

노래 듣기

오래된 사진기

낡은 서랍 속 오래된 사진기를 꺼내
기억 저편에 남아있는 시간을 찾아
노을이 지던 바닷가 작은 등대 위로
사람과 사람 그사이에
흐르던 시간

바람이 불면 부는 대로
눈비가 오면 오는 대로
오래된 나의 사진기 속엔
사랑과 미움 기쁨과 슬픔
떠나가 버린 안타까운
시간의 흔적 가슴에 남아

오래된 나의 사진기엔 이젠
떠나버린 나의 사람들과

오래된 나의 사진기엔
다시 돌아올 수 없는 추억만 남아

다시 돌아올 수 없는
시간을 되감는다면

어떤 집의 부유함이나 중산층의 지위를 증명하던 상징 중 하나가 가장의 목에 묵직하게 걸린 카메라였던 시절이 있다. 그 시절의 카메라는 단지 찰나의 순간을 박제하는 기계가 아니었다. 그것은 한 가문의 역사를 기록할 권한을 부여받은 성물(聖物)이었으며, 오직 가족 중 단 한 사람, 가장만이 만질 수 있는 엄격한 권위의 표상이었다.

셔터를 누른다는 행위는 단순한 기록이 아니라, 그 공간과 시간을 지배하는 독점적 지위에 가까웠다. 남산의 가파른 계단 위에서, 창경궁의 고즈넉한 뜰에서, 혹은 인파가 북적이던 청계천과 남대문 시장의 골목에서, 나는 늘 카메라를 목에 건 아버지의 뒷모습을 보며 걸었다. 내 기억 속 아버지는 늘 '캐논'이라는 이름의 견고한 금속 뭉치를 보물처럼 다루고 있었다. 필름 카메라는 결코 결과를 서둘러 약속하지 않는다. 그것은 인화지 위에 형상이 맺히기까지 인내라는 이름의 숙성 과정을 요구한다. 한 박자 늦게 도착하는 과거의 형상, 그 지연 속에서 우리는 찰나를 더 깊게 응시하고 더 오래 기억하는 법을 배웠는지도 모른다.

그래서일까. 그 시절 현상된 사진 속에는 의도하지 않은 실패한 표정도, 중심을 잃고 흔들린 구도도 지워지지 않은 채 생생하게 남아 있다. 수치(數値)로 계산된 완벽함이 없었기에, 오히려 그 서툰 흔적이 삶의 진실을 더 투명하게 투영하곤 했다. 사랑도 그랬고, 가족도 그랬다. 사진에 찍히는 나의 자세와 표정은 늘 똑같았다. 움직이는 피사체를 포착하는 기술이 부족하다는 고백을 아버지는 절대 하지 않으셨다. 그 무지(無知)의 기록 속에서 나는 늘 꼿꼿이 가만히 서 있거나, 턱을 괸 채 배를 깔고 엎드린 정적인 포즈만을 반복해야 했다.

중학교 입학식 날, 어머니는 '올림푸스 팬'이라는 카메라를 내게 건네주셨다. 하프 카메라 특유의 작고 단단한 몸체는 내 손안에서 낯설게 떨렸다. 그 카메라가 언제, 어떤 경로로 내 곁을 떠났는지 이제는 기억조차 가물거린다. 하지만 그것이 내 생애 가장 빛나던 선물이었음은 부정할 수 없는 사실이다. 레버를 돌릴 때마다 들리던 '짜르르' 하는 필름 감기는 소리. 그것은 단순한 기계음이 아니라, 흩어지려는 시간을 물리적으로 붙들어 매는 신비로운 주문 같았다. 마치 그 소리가 들릴 때마다 과거의 한 조각이 태엽처럼 감겨 내 가슴 안쪽으로 안착하는 기분이었다.

내 카메라가 생기기 전, 아버지의 캐논 카메라 셔터를 한 번이라도 눌러보려 하면 아버지는 낚아채듯 카메라를 감추곤 하셨다. 서른 중반의 젊은 아버지가 완성된 인격의 인자함으로 자식을 대하기엔, 그가 짊어진 삶의 무게가 너무나 무거웠을 것이다. 소심했던 나는 감히 아버지의 그 견고한 성벽을 넘보지 못했다. 왜 그 시절의 아버지는 오직 공포라는 언어를 빌려 사랑을 표현해야만 했을까. 어쩌면 셔터를 쥔 손이 흔들리지 않게 하려고, 아버지는 자신의 흔들리는 내면과 감정을 그토록 단단히 억누르고 계셨던 것은 아닐까.

그 낚아챔이 가족을 수호하는 법을 정석으로 배운 적 없는 세대가, 가부장이라는 이름의 낡은 삼각대를 세워 생의 흔들림을 막으려 했던 처절한 몸부림이었음을 이제야 짐작해 본다. 나라를 제 소유물처럼 다스리던 통치자의 권위를 가정이라는 작은 울타리 안에서 서투르게 모방했던 부모님의 초상. 권력의 그늘에 가려져 힘을 가정의 질서로 착각했던 그분들의 뒷모습을 이제야 측은하게 바라보게 된 것을 보면, 나 역시 어느덧 용서보다 이해가 빨라진 나이가 된 모양이다. 오래된 사진기는 결국 내 삶의 완벽한 은유다. 한때는 뜨거운 누군가의 손에 쥐여 열망을 기록했고, 한때는 지극한 애정으로 닦이고 보관되었으나, 이제는 먼지 쌓인 서랍 속에서 퇴화해 가는 존재. 그러나 그 차가운 몸체 안에는 여전히 사람과 사람 사이를 흐르던 농축된 시간의 잔향이 맥박치고 있다.

아버지와의 불화로 10년이라는 긴 세월을 남남처럼 지내던 시절이 있었다. 가족과 왕래를 끊고 '배은망덕한 놈'이라는 낙인이 찍힌 채 떠돌던 내게, 아버지는 늘 거대한 벽이었다. 그런 아버지가 생의 황혼에서 가톨릭 세례를 받고 '요아킴'이라는 새 이름을 얻었다는 소식을 들었다. 평생을 독설과 고집으로 무장하며, 예수라면 대동강을 맨발로 걸었다는 김일성과 다를 바 없는 놈이라고 말했던 아버지였다. 신을 믿는 자들을 나약하다며 비웃던 아버지가 무릎을 꿇었다는 사실은 나에게 거대한 균열처럼 다가왔다. 좌파 예수의 생애를 따르겠다며 일찍이 세례를 받았던 아들이기에, 아버지의 개심(改心)은 도무지 믿기 힘든 실화이자 서글픈 화해의 신호였다.

결국, 아버지가 임종을 앞두고 있다는 전갈을 받고서야 달려간 병실에서 나는 굳게 닫힌 아버지의 입술을 보았다. 의식이 없는 중에도 아들의 목소리가 들리자, 안면 근육을 일그러뜨리며 가가멜처럼 분노를 표출하던 그 강렬한 생의 마지막 저항을 나는 잊지 못한다. 용서를 구하기에도, 원망을 쏟아내기에도 이미 너무 늦어버린 시간의 장벽 앞에서 우리는 단 한 마디의 언어도 섞지 못했다. 다만 세상을 떠나기 며칠 전, 내가 어색하게 내민 손을 아버지가 가만히 맞잡았을 때, 얼음처럼 차갑던 그 표정이 찰나의 햇살처럼 온화해지던 순간만을 기억할 뿐이다.

장례를 마치고 유품을 정리하던 어머니는 아버지가 목숨처럼 아끼던 그 오래된 카메라가 보이지 않는다고 하셨다. 병원으로 향하기 직전까지도 무엇인가를 찍었다던 그 낡은 카메라가 연기처럼 사라진 것이다. 아버지가 생의 마지막 셔터를 눌러 포착하려 했던 시선은 무엇이었을까. 증오했던 아들의 얼굴이었을까, 아니면 평생을 바쳐도 다 갚지 못할 아내에 대한 참회였을까. 그것도 아니라면 다시 돌아갈 수 없는 청춘의 어느 찬란했던 북녘의 노을이었을까….

다시 돌아올 수 없는 시간을 되감는 필름 카메라는 아마도 저 천국의 어느 서랍 속에 보관되어 있을 것이다. 그곳에서 아버지는 비로소 떨리지 않는 손으로, 권위가 아닌 순수한 사랑의 구도로 나를 바라보고 계실지도 모른다. 현상되지 못한 채 사라진 아버지의 마지막 필름 속에는, 우리가 끝내 현실에서 나누지 못한 화해와 용서의 풍경이 아름다운 색채로 남아 있으리라 믿는다.

노래 듣기

그대와 함께 걷다 보니

그대와 함께 걷다 보니 여기까지 왔네요
눈물의 강이 가로막아 건널 수가 없구려

한마디 말도 못 한 채로 그댈 떠나왔지만
가슴에 품은 단 한마디 그대만 사랑했다오

둘이 걷던 그 길에 꽃은 피어 있는지
창문 밖에 내리던 하얀 눈이 그리워
꿈속에라도 그대 손잡고 걷고 싶을 뿐이오

사랑하오 사랑하오 그대여
사랑하오 사랑하오 그대여
사랑하여 사랑했던 내 사랑
아름다운 사람아

보고 싶고, 보고 싶은 그대여
사무치게 보고 싶은 그대여

사랑하여 사랑했던 내 사랑
아름다운 사람아

아름다운 사람아
아름다운 사람아

© 이두헌

꿈이 꿈 같지 않게
느껴질 때

천국이 없다면 지옥도 없다. 참으로 명쾌한 서구적 이분법이다. 하지만 천국 따위는 보이지 않아도 지옥만은 실재하는 세상을 살아가며, 그래도 기어이 천국을 꿈꾸었던 그 절실한 마음이 존 레넌에게 〈Imagine〉이라는 위대한 상상을 선사하지 않았을까.

타자의 죽음을 밥 먹듯이 경험한 죽음학자 대구《심심책방》의 최호선 대표를 마주할 때면, 묘하게도 죽음의 그림자가 전혀 느껴지지 않는다. 그렇다면 삶의 농후한 그림자라도 보여야 하건만, 그에게선 그것조차 감지되지 않는다. 죽음이라는 거대한 심연을 자주 지켜본 사람만이 보여줄 수 있는, 존재의 투명함만이 그를 훤히 비출 뿐이다. 그는 유령처럼 나타났다가 다시 유령처럼 사라지곤 한다. 결코 그가 있을 법하지 않은 장소에도 불쑥 나타나 반드시 마지막에 내게 정중한 인사를 건넨다. 그래서일까 매번 볼 때마다 그의 얼굴은 다르게 읽힌다. 매번 처음 만난 듯 인사를 건네게 되는 나의 건망증조차 어쩌면 그의 심령스러운 기운 때문인지도 모르겠다.

스스로 목을 맨 자의 매듭이 너무나 독특해 타살을 의심했으나, 실은 죽음을 앞둔 자에게도 '끈에 관한 취향'이 있었다는 사실을 깨닫고 인간의 다채로움에 경탄했다는 그의 이야기를 들었을 때, 나는 죽음에 대한 일상적인 초월이 주는 기묘한 감격에 휩싸였다.

죽은 자는 일상적으로 산 자의 꿈을 무대로 삼는다. 만약 죽은 자가 꿈이 아닌 현실의 일상을 무대로 삼는다면, 굳이 '죽음'이라는 단어를 만들어 낼 필요도 없었을 것이다. 꿈에 나타난 망자는 대개 살아서보다 훨씬 너그럽고 온화하다. 살아생전 그렇게 마주하기 싫었던 이가 꿈결에 나타나면, 웬일인지 떠나보내는 것이 못내 아쉬워지는 경험을 하곤 한다. 경험하지 못한 관념이 경험의 영역을 압도하는 '죽음학'의 세계는 그토록 신비롭다.

내가 꿈속에서 만나는 죽은 이들은 늘 정갈한 모습이었다. 생의 마지막 순간보다 적어도 20년은 젊어 보였고, 옷차림은 검소하되 모양새는 단정했으며, 무엇보다 표정엔 깊은 평화가 깃들어 있었다. 선크림 한 번 바르지 않아도 하얗고 고운 피부를 지닌 그들은, 마치 가장 빛나던 시절의 필름을 꺼내 온 듯했다.

노년의 문턱에서, 첫 인연으로 만나 평생을 해로한 어느 부부를 알게 되었다. 자녀도 없이 오직 서로만을 의지하며 다정하게 살았다는 두 분의 소문은 자자했다. 막역했던 KBS 이희옥 PD의 소개로 그들을 만났을 때, 남편분은 이미 노쇠의 끝자락에 서 있었다. 얼마 지나지 않아 위독하다는 소식이 들려왔다. 의식은 또렷했으나 혀가 굳어 말할 수 없는 고통스러운 침묵의 시간이 이어졌다. 매일 병상을 지키던 아내는 듣고 싶은 말도, 하고 싶은 말도 자유롭게 나누지 못하는 그 고요한 정체(停滯)의 시간이 못내 무거웠노라 고백했다.

그러던 어느 날, 아침 해가 뜨는 것이나 처마 밑 새들의 지저귐처럼 자연스럽게 그의 부고가 들려왔다. 또 하나의 죽음이 아무렇지도 않게 인사를 건네던 평범한 하루였다. 장례 후 그리 길지 않은 시간이 흐른 뒤, 돌아가신 남편께서 제삼자인 나의 꿈속에 불쑥 나타났다.

이승에서는 굳게 닫혀있던 입을 열고, 그는 내게 차분하고 고요하게 말을 건넸다. 그 모습이 너무나 침착하고 평온해서 나는 잠시 죽음이라는 상태를 동경하기까지 했다.

"이 선생, 내가 입이 닫혀 아내에게 마지막 말도 못 전하고 이 눈물의 강을 건너버렸소. 이놈의 강물이 앞을 가로막아 당최 이승으로 돌아갈 수가 없구려. 경숙이랑 손잡고 걷던 길에 꽃은 피었는지, 지난겨울 같이 바라보던 창밖의 함박눈이 참으로 그리웠소. 내가 다 하지 못한 말을 이 선생이 꼭 좀 전해주구려. 사랑하고 또 사랑했고, 보고 싶고 사무치게 보고 싶다고."

꿈이 꿈 같지 않게 느껴질 때, 그것은 이미 꿈의 영역을 벗어난 계시(啓示)다. 새벽 3시 30분, 눈을 뜨자마자 그 향기로운 기억의 잔상에 몽롱해진 채 오선지를 펼쳤다. 멜로디는 단숨에 그려졌다. 가사를 정리하려 마음을 가다듬자, 꿈속에서 그가 간절히 전해 달라던 말이 신기하게도 음표 사이에 자석처럼 달라붙었다.

가끔은 영매(靈媒)가 되어도 좋으리라. 아니, 그럴 수만 있다면 사자(死者)의 못다 한 후회를 붙들어 산 자의 희망으로 바꾸어주는 그런 삶을 살고 싶다.

노래 듣기

부탁

날카로운 유리 조각 하나가
내 심장에 박혀 있던 시간이
아픔조차 느낄 수가 없었던
숨 쉬는 일 그조차도 버겁던

걷는 사람 없던 그 길에
나를 따라 길게 눕던 그림자
별빛조차 말이 없던 그 밤엔
아무 일도 일어나지 않았네

세상이 날 기억하지 않아도
그대 더운 심장만은 남아서
길고 깊은 어둠 속에 버려진
내 그림자 안아주길 부탁해

인간이 지닌 속물 같은 마음 중에 최고를 꼽으라면, 단연 '남이 알
아주기를 바라는 마음'이다. 누군가 알아주지 않아도 묵묵히 제 길
을 갈 뿐이라는 말은, 내가 아는 한 세상에서 가장 완벽한 거짓말
이다. 수행의 깊이가 바다보다 깊은 성직자조차 끝내 떨치기 힘든
번뇌가 바로 공명심(功名心) 아니던가. 누군가가 나를 알아본다는
것의 실체는 사실 따뜻한 시선보다는 날카로운 질투가 지배적이
다. 그런데도 인간은 그 모든 부작용을 기꺼이 감내하며 세상이라
는 무대 위로 기꺼이 자신을 드러내려 한다.

　알려짐이 과하면 사람은 반드시 탈이 난다. 단지 알려졌다는
이유만으로 누군가의 표적이 되고 공격의 대상이 되는 세태를 보

라. 세상의 관심을 받는다는 것은 결코 사랑만 받는다는 뜻이 아니다. 그것은 예고된 거대한 폭풍 앞에 발가벗겨진 채 서 있는 것과 같다.

나는 늘 알려지고 싶지 않았기에 지금의 내가 있다고 자위해 왔지만, 고백하건대 사실은 늘 알려지고 싶었다. 밴드 '들국화'가 보여준 인기에 대한 무심함이 오히려 그들을 가장 잘 알려진 전설로 만들었지만, 그런 고단수의 전략이 내게 통할 리 없었다. "아무리 좋은 노래를 만들면 뭐 하나, 아무도 모르는데." 이런 자조적인 생각을 품은 채 스스로를 언더그라운드라 칭하는 것만큼 우스운 꼴도 없다. 텔레비전의 화려한 경연 프로그램을 보다가 "왜 내 노래는 단 한 곡도 선곡되지 않을까?"라는 유치한 질투가 고개를 들 때쯤, 나는 비로소 잔인한 진실과 마주한다. 내 곡이 선곡될 만큼 좋지 않았던 것이다. 경연의 단골 메뉴가 된 옛 노래들을 들어보면 반드시 그 이유가 느껴진다. 그 노래들은 구성이 훌륭하고, 무엇보다 시작부터 사람의 심장을 단숨에 사로잡는 기술이 탁월하다. 한마디로, 압도적이다.

김민기라는 인물은 어쩌면 이미 너무나 많이 알려졌기에 그 공명심을 초월할 수 있었는지도 모른다. 그는 평생 철저하게 '유명'으로부터 도망쳤다. 조동진 역시 그의 생 대부분을 사실상 은둔으로 점철했다. 그들이 세상을 떠났을 때 조문을 위해 몰려든 거대한 인파를 보며, 나는 유명과 무명의 경계에 대해 깊이 생각했다.

김민기 선배가 자신의 모든 것을 바쳤던 소극장 《학전블루》가 영원히 문을 닫기 전, 마지막 무대에서 어쿠스틱 기타 한 대를 들고 노래를 불렀던 그 기억은 아마 평생 나를 떠나지 않을 것이다. 그 공연이 끝나고 얼마 지나지 않아 세상을 떠난 그의 빈소를 나서며 나는 그의 음악을 되새겼다. 음악을 정식으로 배운 것이 화근이었을까. 어느 순간부터 음악이 내 머릿속에서 수학 공식처럼 보이기 시작했다. 다시 곰곰이 들은 그의 노래들에서 유독 같은 진행의 화성이 반복되는 것을 발견했다. 그의 노래에 반드시 등장하는 상징 같은 화성과 멜로디가 내게 마치 정교한 그림처럼 다가왔다. 이것은 어쩌면 그를 추앙하는 나의 눈먼 사랑이 만들어낸 환상일지도 모른다. 하지만 진심이란 본래 무한한 반복 속에 겨우 한 방울 맺히는 이슬 같은 것이 아니던가.

50명의 관객을 모으는 것조차 힘에 부칠 때가 많았지만, 나는 끊임없이 무대를 만들었다. 밴드의 기타리스트 출신이면서도 밴드와 함께 무대에 오르지 못한 이유는 명확했다. 입장 수입으로는 그들에게 정당한 대가를 지급할 여력이 없었기 때문이다. 결국 혼자 기타 한 대를 메고 무대에 올라, 남의 노래는 단 한 곡도 섞지 않은 채 두 시간이 넘도록 내가 만든 노래 30곡을 줄기차게 불렀다. 그렇게 스스로의 민낯과 지독하게 마주하는 시간을 반복하다 보니 서서히 내 진짜 얼굴이 보이기 시작했다.

그러던 어느 날, 사랑하는 제자이자 뛰어난 편곡자인 이웅 교수가 현악 오케스트라와 함께 〈새벽 기차〉를 녹음해 왔다. 나는 그 녹음본을 몇 년이나 묵혀두었다. 내가 만들었지만, 원곡조차 내가 부르지 않았거니와, 내 곡 중에서도 유독 부르기를 꺼렸던 그 곡에 다시 목소리를 얹는 재탕 삼탕의 작업이 내키지 않았던 탓이다.

결국 나는 김민기 선배의 곡이 가진 반복의 미학을 떠올렸다. '다섯손가락'의 데뷔곡인 〈새벽 기차〉의 화성 진행과 형식을 그대로 빌려오되, 멜로디만 살짝 비튼 노래를 만들었다.

그리고 나는 이 노래를 통해 다시금 어리석고 그럴듯한 말로 '부탁'을 건넨다. 세상이 날 기억하지 않아도 좋으니, 당신의 뜨거운 심장만큼은 남아서 어둠 속에 버려진 내 그림자를 안아달라고. 하지만, 이 미사여구를 걷어내고 남은 노골적인 본심은 결국 하나다.

"제발, 나를 좀 알아달라고."

글을 맺으며 나는 거울 속의 나를 비웃는다. 역시, 넌 어쩔 수 없는 속물이다.

노래 듣기

대신

당신을 대신할 사람이 있다고
그렇게 생각하나요
그 누구도 대신할 순 없어요
그대의 빈자리는

그대는 말하죠. 그대 없는 세상도
아프지 않을 거라고
그런 일은 내겐 없을 거예요
대신할 그 누구도

오! 나의 그대여
그런 말은 말아줘요
대신할 그 누구도 내게는 없으니

당신을 대신할 사람이 있다고
지금도 생각하나요
그 누구도 대신할 순 없어요
그대의 빈자리는

비포(Before)와
애프터(After)

"경모가 너 대신 가기로 했다."

그것은 마른하늘에 날아든 청천벽력이었다. 학교를 대표하여 글짓기 대회에 나가는 일은 늘 내 몫이었건만, 선생님은 그날따라 급우들이 모두 지켜보는 교실 한복판에서 이 문장을 선고하듯 던지셨다. 경모가 대회에 나가는 사실 자체는 전혀 문제가 되지 않았다. 나 말고도 누구나 재능을 펼칠 기회는 있는 법이니까. 하지만 내 가슴에 날카롭게 박힌 가시는 바로 '대신'이라는 단어였다. 그 서늘한 선언 하나로 나의 세계는 비포(Before)와 애프터(After)로 선명하게 갈라지고 말았다.

"네가 아니어도 된다. 너의 자리는 언제든 치워질 수 있는 의

자일 뿐이다. 누군가는 반드시 너를 대체할 수 있으며, 너는 소모되면 교체되는 부속품에 불과하다.”

흑마술을 거는 주술사의 저주처럼 내 뇌리를 떠나지 않던 단어, ‘대신’.

후보 명단에도 이름을 올리지 못한 채 누군가에 의해 밀려나 버린 그때의 비참함은 성인이 된 이후에도 내 의식의 밑바닥을 집요하게 맴돌았다. 음악의 길에서도 나는 늘 주전선수 같은 후보선수였다. 누군가의 공백을 메우기 위해 대기하는 불운은 한동안 그림자처럼 나를 따라다녔다. 훗날 밴드 ‘다섯손가락’ 멤버와의 만남 역시 시작은 그랬다. 중학교 시절부터 나와는 결이 조금 다른 친구들 사이에서 서먹한 인연을 이어가던 중, 기타 치던 친구가 탈퇴하면서 나는 그 ‘대신’의 자리에 빈 퍼즐 조각처럼 끼워 넣어졌을 뿐이었다.

물론 이 모든 일은 다섯손가락이 공식적으로 만들어지기 이전의 일이었다.

그랬던 내가 비로소 ‘대신할 수 없는 존재’로 우뚝 서게 된 것은, 내 안의 선율이 세상 밖으로 걸어 나가 대중의 심장을 두드린 이후였다. 〈수요일엔 빨간 장미를〉은 이제 나를 대신해 그 누가 불러도 어색한 고유명사가 되었고, 팀의 새로운 노래들은 나를 통하지 않고서는 태어날 수 없는 운명이 되었다. 어쩌면 나는 어린 시절의 상처를 보복이라도 하듯, 나만의 색깔로 팀을 진하게 물들여 누구에게도 대신할 틈을 내어주지 않으려 했던 것인지도 모른다. 누군가의 대역(代役)으로 사는 일은 유년의 기억 한 번으로 족했다. 나는 이제 그 누구도 대체할 수 없는 유일한 '오리지널'이 되는 것을 생의 유일한 목표인 양 악착같이 살고 있다.

팀이 해체되고 내겐 음악적 성공과 안정적인 삶을 맞바꾸려는 시도가 이어졌다. 나는 직접 노래하던 1차 생산자의 자리를 내려놓고, 편곡과 프로듀싱, 그리고 당시로서는 선구적이었던 컴퓨터 음악이라는 2차 생산자의 영역으로 과감히 망명을 떠났다. 무대의 조명 대신 모니터의 블루라이트를 선택한 이 길은 내게 물질적 풍요를 안겨주었다. 내 이름은 서서히 무대 위에서 지워졌지만, 음악을 빚어내는 현장에서는 독보적인 존재감을 발휘하기 시작했다. 노래할 때보다 훨씬 많은 수익을 올렸고, 무엇보다 그곳은 관객의 시선으로부터 자유로운 안전한 도피처였다.

그렇게 몇 년을 안온함 속에 머물다 보니, 다시금 익숙한 공포의 그림자가 발등을 타고 올라왔다. 나를 대신할, 젊고 영리한 인재가 등장하기 시작한 것이다. 음악적 깊이는 차치하더라도, 기술적으로 나보다 뛰어나고 훨씬 속도감 있게 작업을 완수하는 후배의 출현은 잊고 있던 '대신 공포증'을 다시금 일깨웠다. 과연 나는 언제까지 이 자리에서 유효할 것인가?

이런 말초적인 불안에 잠식당하던 무렵, 보스턴 버클리 음대에서 프로듀싱을 공부하고 돌아온 엔지니어와 작업할 기회가 생졌다. 그와의 대화 끝에 나는 무모한 결단을 내렸다. "딱 1년만 제대로 배워보자." 당시의 미국은 음악가들에게 있어 동경의 대상이자 거부할 수 없는 음악적 독재 국가였다. 기득권을 모두 내려놓고 떠난 보스턴에서의 하루하루는 실로 공포의 연속이었다. 말이 통하지 않는 나라에서 마주하는 미국인의 은근한 우월감은 나를 매일 왜소하고 쓸모없는 부유물처럼 느끼게 했다.

낯선 땅에서 한국인이 한국인을 찾는 것은 대개 상실된 자존감의 부피를 회복하기 위해서일 것이다. 그 막막한 유학 시절 나는 김영태 수사님과 변희선 신부님을 만났다. 어느 날, 신부님은 느닷없이 메인(Maine)주까지 내 차를 좀 얻어 타야겠다며, 기타 한 대도 꼭 챙겨 오라고 하셨다. 신자도 아니었던 내가 왜 그 고단한 부탁을 순순히 따랐는지는 지금도 신비로울 뿐이다.

도착한 포틀랜드의 어느 집에서 두 분은 부랴부랴 성직자 복장으로 갈아입고는 집 안 구석구석 성수를 뿌리며 기도하셨다. 조금 생경한 그 풍경을 지켜본 뒤 다다른 다음 집에는, 영화 《미션》의 원주민처럼 타향살이에 지친 한국인이 모여 우리를 열렬히 환영하고 있었다. 경건한 미사가 끝나고, 평생 먹을 분량의 랍스터와 정성 가득한 한식이 차려진 만찬이 이어졌다. 미국에 온 이래 가장 감동적인 식사를 마친 후, 우리는 비좁은 다락방에 둥그렇게 둘러 앉았다.

"한국에서 유명한 가수 한 분을 모셔 왔습니다. 이두헌 씨, 노래 한 곡하세요.”

순간 화가 치밀어 올랐다. 내가 고작 이런 자리에서 노래나 불러주려 기사 노릇까지 해가며 여기에 왔단 말인가. 내가 데뷔도 하기 전에 미국으로 이주한 탓에 나를 전혀 알아보지 못하는 그들에게 나는 그저 처음 만나는 무명 가수일 뿐이었다. 신부님을 향한 반항심이 솟구쳐, 나는 평소 불러본 적도 없는 〈사랑의 미로〉를 생애 가장 성의 없는 창법으로 뱉어냈다. 그런데 웬걸, 예상치 못한 뜨거운 환호가 터져 나왔다. 오기가 발동한 나는 〈여고 시절〉을 이어 불렀다. “어느 날 여고 시절 우연히 만난 사람…. 그것이 나에게는 첫사랑이었었네.”

노래가 흐르기 시작하자 여기저기서 낮은 흐느낌이 들려오더니, 곡이 후반부로 갈수록 장내는 이내 통곡의 바다가 되어버렸다. 당황한 나는 이 무거운 분위기를 깨보려 대학 시절 MT에서 부르던 레크리에이션 곡을 메들리로 쏟아냈지만, 그들의 통곡은 멈출 기미가 보이지 않았다. 그 눈물은 노래의 선율 때문이 아니라, 돌아갈 수 없는 순수했던 시절에 대한 그리움과 낯선 땅에서 버텨온 설움이 내 서툰 목소리를 빌려 터져 나온 것이었으리라.

보스턴으로 돌아오는 길, 밤하늘의 광해(光害)가 전혀 없는 뉴햄프셔주의 국도변에서 신부님은 돌연 차를 세우라고 하더니 땅바닥에 벌렁 누워버렸다. “이두헌 씨, 여기 같이 누워서 저 하늘 좀 보세요. 저게 다 별이에요.” 칠흑 같은 어둠 속에 쏟아질 듯 박혀 있는 무수한 별들 아래에서 나는 말을 잃었다. 그때 신부님이 별처럼 무거운 이야기를 쏟아내셨다.

"아까 그 집 부부 기억나죠? 부인은 동두천에서 고생 끝에 미군과 결혼해서 여기까지 왔지만, 학대만 당하다 버림받았고, 지금 남편은 원양어선에서 밀항한 한국인 어부였어요. 그들이 천신만고 끝에 얻은 하나뿐인 아들이 MIT에 합격했는데, 입학식도 하기 전에 산에서 실족사하고 말았죠. 거기 모인 사람들 모두 그런 아픈 단층을 가진 이들이에요. 그런데 오늘 당신의 노래가 그들의 닫힌 눈물보를 터뜨렸어요. 당신은 오늘, 그 누구도 대신할 수 없는 음악을 들려준 사람입니다."

신부님의 그 한마디에 나의 오만했던 자아는 산산조각이 났다. 내가 누군가를 '대신'하는 후보선수인지, 주전선수인지를 따지던 계산이 얼마나 부질없는 것이었는지 별빛 아래에서 깨달았다. "그런데 그렇게 줄담배 피우고 술만 마셔서야 하겠어요?"라는 신부님의 매서운 일침까지 더해지자, 나는 항복하듯 고개를 숙였다.

집에 도착하자마자 나는 냉장고에 소중히 넣어두었던 담배와 술을 모두 내다 버렸다. 그리고 내 노래가 필요한 곳이라면 계급장을 떼고 누구보다 먼저 달려가기 시작했다. 누구도 대신할 수 없는 유일한 존재라는 그 성스러운 부름에 응답하며, 나는 가톨릭 신자 '이냐시오'가 되었다.

당신을 대신할 사람은 이 세상에 없습니다. 우리는 모두 누군가의 대신할 수 없는 자녀이며, 유일무이한 연인이며, 무엇보다 신의 눈동자에 맺힌 단 하나의 고유한 풍경이기 때문입니다.

바로 당신 말이에요.

노래 듣기

섬

어쩌면
인생은 섬으로 가는 여행
인생은 신기루 너머의 섬

가슴엔 바람이 불고
거친 파도가 치는 밤

잊혀진 시간을 찾아
나는 섬으로 떠나네

나는 섬으로, 섬은 내게로
섬은 내게로, 나는 섬으로

사람은 저마다
하나의 섬이다

사람은 저마다 하나의 섬이다.

그런데 어리석게도 늘 육지가 되어보려 애를 쓰며 산다. 타인과 연결되기 위해 다리도 놓아보고, 바위처럼 단단하게 뭉친 마음을 바다를 향해 던져보기도 하지만, 그런 노력은 이내 차가운 물속으로 잠기고 만다. 섬은 언제나 육지의 그림자였다. 중심에서 밀려난 자들이 머무는 곳, 권력과 번영의 불빛이 차마 닿지 않는 끝자락의 공간. 지도 위에서는 아주 작게 표기되고 역사 속에서는 형벌의 자리로 기억되던 곳. 섬은 늘 그렇게 결핍과 유배의 장소로 불려 왔다.

하지만 나는 육지를 꿈꾸지 않는다. 오히려 내 인생이 예기치 않은 다리로 연결되어 더는 섬이 아니게 되는 순간을 견디기 힘들다. 세상이 나를 편리함이라는 이름으로 육지와 이어 붙이려 할 때, 나는 제발 나를 섬인 채로 내버려 달라고 속으로 간절히 애원한다. 더 큰 섬이 되어 주목받고 싶지도, 더 안전한 섬이 되어 안주하고 싶지도 않다. 설령 내가 누군가에게 육지처럼 든든하게 느껴지는 존재일지라도, 나는 끝내 스스로 고립된 섬으로 남고 싶을 뿐이다.

섬을 유난히 좋아하는 이 천성이 어디에서 시작되었는지는 알 수 없다. 반경이 좁은 인생을 늘 안전하다고 믿으며 살아와서일까. 삼킬 듯 성난 파도가 치는 날에도, 잔인할 만큼 적막한 밤에도 나는 섬을 유일한 안전지대라고 믿어왔다. 다른 사람은 공포에 몸을 떨 법한 깊은 밤, 섬의 어느 외딴 지점에서도 나는 마치 대낮의 햇살 아래 서 있는 사람처럼 편안함을 느낀다. 고립은 내게 공포가 아니라 가장 순수한 형태의 평화였다.

다리가 놓여 육지와 이어져 버린 섬, 안면도는 섬 아닌 섬이자 육지 아닌 육지가 되어버린 묘한 곳이다. 내가 그곳을 유독 좋아하게 된 것은 예술가 손현주 작가 때문이었다. 언론사 간부라는 서울의 권력을 과감히 내려놓고 고향 안면도로 돌아가 예술가의 지난한 길을 택한 그녀의 행보는 내게 신선한 충격이었다. 와인과 사진을 좋아하고, 사람을 그다지 좋아하지 않으면서도 좋아하는 척할 줄 아는 그녀의 모습은 나와 묘하게 닮아 있었다.

사실 비밀 아닌 비밀이지만, 나는 그녀의 부군인 최정남 교수를 조금 더 좋아한다. 손 작가가 가끔 야심가나 속물처럼 내게 오해받는 순간에도, 최 교수만큼은 늘 투박한 논산 사투리를 쓰며 속이 훤히 들여다보이는 특이한 충청도 사람으로 내 곁에 있어 주었다. 내가 나를 너무 육지답다고 느끼며 염증을 낼 때면, 나는 두 사람이 일군 안면도의 펜션 '소무'를 찾았다.

한눈을 팔면 논두렁으로 떨어질 것 같은 좁고 위태로운 길을 지나 소무의 입구에 들어서면, 백구 한 마리가 무심한 듯 다가온다. 함민복 시인은 강아지를 만지고 손을 씻던 행위를 반성하며 '내일부터는 손을 씻고 강아지를 만져야지'라고 노래했지만, 나는 손을 씻고도 강아지를 만지지 않았다. 내가 원치 않는 타인의 만짐을 강아지라고 해서 견뎌야 할 이유는 없지 않으냐는, 어쩌면 까칠한 나만의 배려가 습관이 된 탓이다.

돌계단을 오르면 최 교수가 매일 자식처럼 가꾸는 나무와 꽃이 인사를 건넨다. 섬에 돌과 바다만 있으면 얼마나 삭막하겠느냐는 그의 정성 앞에서, 나는 섬은 아무것도 없어야 한다고 믿으면서도 이번엔 또 무엇을 심었는지 궁금해하는 이율배반적인 마음을 품는다.

소무에서의 시간은 늘 평화로웠다. 우리는 세상의 짐을 다 내려놓은 도인처럼 마주 앉아 와인을 마셨다. 아침이면 손 작가가 직접 볶아 내린 커피의 그윽한 향이 거실을 채웠다. 낮에는 솔숲을 걷고, 노을이 지는 저녁엔 바닷가를 서성였다. 단순하고 아무것도 아닌 삶, 오직 본질만 남은 삶이 그곳에 있었다.

나는 여백과 고요로 가득한 그곳에 불경하게도 내 흔적을 하나둘 남기기 시작했다. 처음엔 작은 오디오를 가져다 놓고, 기타를 가져다 두더니 급기야 앰프까지 옮겨놓았다. 손 작가는 그 방에 자기가 찍은 내 사진을 여기저기 걸어두었다. 월세방도 아닌 그 공간은 어느새 나의 전용 유배지이자, 섬 안의 섬이 되어버렸다. 지금도 소무에는 나의 사진과 물건이 가득한 '작가의 방'이 있다. 투숙객이 내 사진과 눈이 마주쳐 은밀한 시간을 방해받을까 걱정되기도 하지만, 두 사람은 여전히 내 물건을 그 자리에 그대로 두고 나를 기다린다.

언젠가 손 작가의 전시회에서 그녀를 위해 이 노래를 만들어 불렀다는 사실을 한동안 잊고 있었다. 그러다 우연히 휴대전화 속 비디오 클립에서 그날의 영상을 발견했다.

"나는 섬으로, 섬은 내게로. 섬은 내게로, 나는 섬으로."

화면 속 내가 이 대목을 노래할 때, 나는 잠시 목이 메어왔다. 그것은 자신이 섬이라는 사실을 잠시 잊고 육지의 속도에 맞춰 살아가던 한 남자의 때늦은 자각이었고, 섬이 섬에게 보내는 눈물 같은 위로였다.

그때 나는 많이, 아주 많이 외로웠다. 그리고 그 외로움은 내가 섬으로 남기로 선택한 순간부터 지불해야 했던 당연한 대가였음을 이제야 깨닫는다. 사람은 저마다 하나의 섬이다. 그 고독한 사실을 인정할 때, 우리는 비로소 타인이라는 또 다른 섬의 불빛을 멀리서나마 따뜻하게 바라볼 수 있는 것이다. 나는 오늘도 안면도의 그 작은 방, 나의 섬 소무를 생각하며 육지의 소란함을 견뎌낸다.

노래 듣기

그대는 강물처럼 흐르고

그대는 강물처럼 흐르고
메마른 내 맘을 조용히 적시네
길고 길었던 어둠
갈라져 버린 가슴에 고운 빗물로 내리네

그대는 강물처럼 흐르고
끝없는 바다로 조용히 스미네
길고 길었던 겨울
얼어붙은 내 가슴에 고운 눈으로 내리네

흐르던 강물이 멈추고
바람은 내게 말을 걸지 않았네
그대의 가슴에 새겨진 이름도
언젠간 지워지리

무거운 침묵에 가려진
소리 없는 말의 뜻을 이젠 알아요
시간이 흐르면 꿈처럼 고왔던
사랑도 지나가리

그대는 강물처럼 흐르고
메마른 내 맘을 말없이 적시네
길고 길었던 어둠
갈라져 버린 가슴에 고운 눈물로 남았네

흐르네
흐르네
그대는 강물처럼 흘러가네

ⓒ 이두헌

'사람'과 '사랑'은

사랑했던(아! 이 얼마나 서글픈 과거형인가) 연인이 돌이킬 수 없는 이별에 직면하게 되면, 역설적으로 그간의 치열했던 싸움을 멈춘다. 참혹한 전쟁이 휩쓸고 지나간 자리에 남는 것은 폐허나 피바다보다 더 끔찍한, 미동조차 없는 무거운 침묵뿐이다. 미움보다 무서운 것은 '밉다'라고 토해내지 않는 고요이며, 증오보다 잔인한 것은 더 이상 기대할 것이 없다는 듯 닫혀버린 마음의 빗장이다. 인간은 본능적으로 고요 속에서 가장 거대한 공포를 마주한다. 폐기된 사랑이 사실은 공포의 또 다른 이름이라는 사실을, 우리는 절연(絶緣)의 순간에야 비로소 깨닫는다.

사랑은 신화 속 낭만처럼 가슴에 화살이 박히듯 찾아오지 않는다. 누군가 의도를 품고 쏜 화살이라니, 나는 그 큐피드라는 사랑의 신이 제멋대로 당긴 시위가 내 심장을 관통한다는 상상만으로도 사랑이라는 감정을 밀어내고 싶어진다. 그것은 시작부터 필연적인 통증을 전제로 하지 않는가.

'첫눈에 반했다'라는 말은 누군가에게는 생의 가장 흔한 수사일 수 있고, 누군가에게는 어떤 논리로도 믿을 수 없는 허구일 수 있다. 하지만 진정한 사랑의 소용돌이에 휘말리면, 제아무리 잔혹하고 차가운 인간의 심장일지라도 그 내밀한 곳에서는 이내 작은 시내 하나가 흐르기 시작한다. 원하든 원하지 않든 이명(耳鳴)처럼 매일 졸졸거리는 물소리가 들려오고, 머릿속 삭막한 자갈밭 사이로 맑은 물줄기가 길을 낸다. 매일 사랑만 속삭이는 '귀벌레(Earworm)'가 떠나지 않는 그 고통스러운 반복의 어리석음을 상상해 보라.

가뭄 끝에 땅이 쩍쩍 갈라지듯 메마른 영혼을 가진 이에게, 사랑은 고운 각도로 떨어지는 단비가 된다. 모든 잎을 떨구고 살을 에는 북풍을 온몸으로 견디는 겨울나무 같은 이에게, 사랑은 시린 가지를 덮어주는 포근한 눈송이가 된다. 사랑에 빠진 영혼에는 결코 리필이 필요 없는 태고의 강물이 흐른다. 아니, 반드시 흘러야만 한다.

그러던 어느 날, 거창한 명분을 앞세운 '이성'이라는 댐이 생겨 물길을 가로막고 그들만의 잣대로 방류를 결정하거나, 극심한 감정의 가뭄으로 비 한 방울 내리지 않아 마음속 강물이 말라버리면, 길잡이를 잃은 바람도 방황하기 마련이다. 흐름이 멈춘다는 것은 길을 잃은 자의 침묵만큼이나 잔인하다. 사랑의 화살촉이 연인의 이름을 가슴팍에 문신처럼 새겨두었을지라도, 그 대지를 적시던 강물이 멈추면 그 이름 또한 살점이 떨어져 나가듯 서서히 풍화되어 지워진다.

대개 침묵은 뜻을 품되 깊이 감추는 행위다. 누군가 침묵을 선택했을 때, 그 소리 없는 말의 뜻은 고스란히 남겨진 자의 몫으로 돌아온다. 대답하면 다시 물어오는 끝도 없는 질문처럼, 침묵은 사실 세상 그 어떤 웅변보다 말이 많다. 어떤 답을 내놓아도 날카로운 기계음과 함께 '오답' 판정이 내려지는 가혹한 시험문제 같은 것. 하지만 비극적이게도 그 질문의 정답은 출제자조차 모른다. 출제자는 어떤 대답에도 흔쾌히 고개를 끄덕이지 않지만, 정답을 듣고도 망설이는 그 무력한 몸짓이 곧 그의 최종적인 대답인 셈이다. 때로 침묵은 아무것도 말하지 않음으로써, 세상의 모든 말을 대신한다.

세월은 결코 거짓을 말하지 않으나, 인간은 늘 거짓의 겉옷을 입고 산다. '곱게 늙었다'라는 말은 수사적 미사여구를 걷어내면 그저 예외 없이 '늙어버렸다'라는 생물학적 퇴화의 확인일 뿐이다. '고왔던 사랑'이라는 표현 역시, 이제는 더 이상 곱지 않은 '빛바랜 사랑'이라는 선언에 불과하다. 이별의 언어가 침묵의 둑을 터뜨리면 강물은 다시 흐르기 시작하지만, 이미 그것은 예전의 그 맑은 줄기가 아니다. 그런데도, 인간은 이토록 뻔한 확률과 유사한 실패의 사례를 잘 알면서도 사랑하지 않고는 배기지 못하는 존재다.

받침 하나만 다르지 않던가, ‘사람’과 ‘사랑’은.

신은 아마도 천상에 거대한 결혼정보회사를 차려놓고, 이 어리석은 반복의 사례를, 팝콘을 씹으며 관망하는 관객일지도 모른다. 그러다 가끔 출현하는 조금은 남다른, 조금은 무모한 사랑의 등장을 기다리는 관객 말이다.

늘 남다른 사랑이 완고한 세상을 바꾸어 왔듯이, 오늘도 강물이 낮은 곳을 향해 흐르듯이, 그대의 사랑은 지금, 이 순간에도 강물처럼 흘러가고 있다. 그 유구한 흐름 속에서, 당신은 과연 무엇을 바꾸려 하는가.

노래 듣기

에필로그

다 말해 버렸네요.

더 할 말이 없는 건 아마 오늘뿐일 거예요.

살아 있는 한 또 뭔가 말하려 하겠죠.

말은 그렇잖아요. 비 온 뒤 풀이 자라듯 또 무성할 테니.

하지만 우리는 곧 모두 말을 잃게 될 거예요.

그리고 우리가 잃어버린 말을 아무도 주우려 하지 않을 겁니다.

영원히 말할 수 없음을 알기에 오늘 다 얘기해 버렸습니다.

언젠가 제가 소리 나지 않는 사람이 되었을 때,

오늘 들은 이야기들을 기억해 주세요.

부디 따뜻했기를….

다섯손가락 이두헌 노래글
이층에서 본 거리

초판 1쇄 발행   2026년 4월 25일

지은이   이두헌
펴낸이   황윤정
펴낸곳   이은북
출판등록   2015년 12월 14일 제2015-000363호
주소   서울 마포구 동교로12안길 16, 삼성빌딩B 4층
전화   02-338-1201
팩스   02-338-1401
이메일   book@eeuncontents.com
홈페이지   www.eeuncontents.com
인스타그램   @eeunbook

책임편집   하준현
디자인   이미경
제작영업   황세정
마케팅   이은콘텐츠
인쇄   천광인쇄

© 이두헌, 2026
ISBN 979-11-91053-63-0 (03810)